앙투안 드 생텍쥐페리

Antoine de Saint-Ex[illegible]

1900[illegible]한 귀족 집안[illegible]을 잃는 아픔을[illegible]시험에서 떨어진 뒤 파리[illegible]학교에서 건축을 공부하던 그는 군에서 2년간 복무했다. 군 시절 처음으로 비행기 조종 기술을 익혔다. 1923년 비행 사고를 겪은 후 전역한 그는, 자동차 회사의 외판원으로 일하다 1926년부터 민간 항공회사에서 비행기로 편지를 전달하는 업무를 맡게 됐다. 이때부터 시작된 비행 조종사로서의 경험은 작품 창작으로 이어졌다. 그는 『남방 우편기』 『야간 비행』 『인간의 대지』 등을 펴내면서 자신만의 '비행 문학'을 탄생시켰다.

항공 업무에 참여한 공으로 레지옹도뇌르훈장을 받기도 한 그는, 비행의 영광만큼 생사를 오가는 위험도 여러 번 마주했다. 1935년에는 파리-사이공 노선을 비행하다 리비아사막에 불시착해 5일간 사경을 헤맸다. 이 사건은 훗날 그의 작품에 주요한 모티브가 되었다.

제2차 세계대전 발발 후 고령에도 불구하고 군대에 복귀한 그는, 1944년 7월 31일 마지막 이륙을 끝으로 실종됐다. 독일군 비행기에 의해 실추되었다는 것이 정설로 받아들여지고 있다.

1943년 출간된 그의 책 『어린 왕자』는 세계에서 가장 많은 언어로 번역된 작품으로 꼽힌다. 대지에 단단히 발을 디디면서도 상상의 세계를 자유롭게 드나드는 그의 작품은, 길을 잃은 모든 이들에게 여전히 깊은 감동을 주고 있다.

생텍쥐페리의 문장들

생텍쥐페리의
문장들

앙투안 드 생텍쥐페리

신유진
엮고 옮김

마음산책

엮고 옮긴이 | 신유진

작가이자 번역가. 파리 8대학에서 연극학 석사과정을 마쳤다.
옮긴 책으로 아니 에르노의 『빈 옷장』 『남자의 자리』 『세월』 『사진의 용도』 『진정한 장소』, 에르베 기베르의 『연민의 기록』, 마티외 랭동의 『에르베리노』와 엮고 옮긴 프랑스 근·현대 산문선 『가만히 걷는다』가 있으며, 산문집 『창문 너머 어렴풋이』 『몽카페』 『열다섯 번의 낮』 『열다섯 번의 밤』을 지었다.

생텍쥐페리의 문장들

1판 1쇄 발행 2023년 3월 30일
1판 2쇄 발행 2023년 6월 1일

지은이 | 앙투안 드 생텍쥐페리
엮고 옮긴이 | 신유진
펴낸이 | 정은숙
펴낸곳 | 마음산책

편집 | 성혜현 · 박선우 · 김수경 · 나한비 · 이동근
디자인 | 최정윤 · 오세라 · 한우리
마케팅 | 권혁준 · 권지원 · 김은비
경영지원 | 박지혜

등록 | 2000년 7월 28일(제2000-000237호)
주소 | (우 04043) 서울시 마포구 잔다리로3안길 20
전화 | 대표 362-1452 편집 362-1451 팩스 | 362-1455
홈페이지 | www.maumsan.com
블로그 | blog.naver.com/maumsanchaek
트위터 | twitter.com/maumsanchaek
페이스북 | facebook.com/maumsan
인스타그램 | instagram.com/maumsanchaek
전자우편 | maum@maumsan.com

ISBN 978-89-6090-806-2 03860

* 책값은 뒤표지에 있습니다.

그렇지만 나를 살린 건,

한 걸음을 내딛는 것이었어.

다시 한 걸음을,

항상 그 똑같은 한 걸음을 다시 시작하는 것 말이야.

앙투안 드 생텍쥐페리(1900~1944)

차례

드넓은 하늘에서 광막한 사막까지,
삶의 의미를 향한 생텍쥐페리의 고귀한 여정

인생의 사막에서

하루 끝에 집으로 돌아가는 버스 안에서, 혹은 불 꺼진 방 안에서 가만히 주먹을 쥐어본 적이 있는지. 손가락 사이로 빠져나가는 시간을 느끼다가 문득 혼자라는 것을 깨달아 본 적이 있는지. 오늘의 애씀은 무엇을 위한 것인가 물어본 적 있는지.
이 책에 담긴 문장들은 그런 하루 끝에 마주한 질문에서 시작됐다. 허무가 모래처럼 발목을 휘감는 인생의 사막에서 다시 의미를 찾고 싶을 때, 생텍쥐페리를 떠올린 것은 단지 그가 사막의 아름다운 이야기를 썼기 때문만은 아니었다. 고백하자면 『어린 왕자』에 대한 기억이 이미 희미해진 내게 그의 이름을 다시 떠올리게 한 것은 그가 어머니에게 썼던 편지 한 줄이었다.

> 어머니, 제가 감당할 수 없는 우울함에 빠졌다고 생각하지는 마세요. 문을 열고 모자를 던지면 언제나 손가락 사이로 빠져나가는 하루가 느껴져서 그러는 것이니까요.
>
> 『내 어머니에게 보내는 편지』

우편 항공기와 야간 비행의 선구자이자 세계에서 가장 많은 언어로 번역된 작품의 저자, 앙투안 드 생텍쥐페리의 주옥같은 문장 중에 유독 저 글이 눈에 들어왔던 것은 아마도 인생을 알려줄 커다란 스승을 만나기에 앞서 나를 이해해 줄 작은 사람을 찾고 싶었던 것이 아닐는지……. 혼자 남겨진다는 게 무엇인지 아는 사람, 허무에 발이 걸려 넘어진 적 있는 사람, 삶의 의미를 향한 목마름을 이해하는 사람, 나는 그런 사람 앞이라면 오래 삼켜온 그 질문들을 꺼내볼 수 있을 것 같았다.

감춰진 아름다움을 보는 것

> 사막이 아름다운 건, 어딘가에 우물이 감춰져 있기 때문이야.
>
> 『어린 왕자』

감춰진 것, 보이지 않는 것을 알아보는 눈은 생텍쥐페리의 문학이 가진 힘이다. 그의 글에는 본질을 꿰뚫는 시선이 있고, 그 예리한 통찰력은 조종사라는 그의 직업을 통해 단련됐다. 하늘을 난다는 것은 일상적 삶으로부터 거리를 두는 동시에 더 넓고 멀리 바라볼 수 있는 수직적 시각을 갖는 것이니까. 사실상 그의 문학은 그의 직업을 떼어

놓고는 생각할 수 없다.

해군사관학교 입시에 실패한 젊은 생텍쥐페리는 공군에 입대하며 비행의 세계를 알게 된다. 그는 1921년에 조종사 자격증을 따고 직업 군인이 되길 희망하지만 부르제에서 추락 사고를 겪고, 그의 직업에 반대하던 약혼녀와 파혼하면서 공군을 떠난다. 그 후, 외판원으로 일하던 시절을 거쳐, 1926년에 민간 항공 회사에 들어간 생텍쥐페리는 마침내 비행기 조종석에 앉는다. 그는 아프리카 북서부와 남대서양 및 남아메리카를 잇는 우편 비행을 담당한다. 당시의 비행은 지금과 달리 목숨을 걸어야 하는 위험한 일이었고 그 역시 생과 사를 넘나드는 일을 겪지만, 그 경험으로 『남방 우편기』와 『야간 비행』 등의 소설을 쓰게 된다. 위기와 고독을 견디는 조종사의 내면과 창공에서 바라보는 세계의 섬세한 묘사가 빛나는 생텍쥐페리만의 비행 문학이 그렇게 탄생한 것이다. 1927년, 그는 모로코 남부 쥐비의 항공기지에서 근무하던 18개월 동안 사막에서 고립된 생활을 하는데, 그때 겪었던 일은 훗날 『인간의 대지』 『어린 왕자』 『성채』의 밑거름이 된다.
그에게 글쓰기는 비행처럼 자신이 생각하고 탐구한 것을 행동으로 옮기는 일이었다. 허무주의를 딛고 일어나 내면의 투쟁을 넘어 행동으로 이어져야 한다고 말하는 그의 문학은 앙드레 말로, 헤밍웨이와 함께 행동주의 문학으로 분류된다.

> 삶에는 해결책이 없네. 나아가는 힘만 있을 뿐이야. 그 힘을 만들어내야 해결책이 뒤따라오는 것이네.
> 『야간 비행』

생텍쥐페리는 목숨을 위협하는 위기와 가난, 고립에서 오는 고독에 맞섰고, 그 싸움은 언제나 그를 앞으로 나아가게 했다. 우리가 그의 문학에서 어떤 강인한 힘을 느낀다면, 그것은 삶을 대하는 그의 자세가 글 속에 고스란히 담겨 있기 때문 아닐까. 무엇보다 그는 허구적 상상이 아닌 경험에 대한 성찰을 토대로 글을 쓰지 않았던가. 삶이 앞서고 문장이 그 뒤를 따른다. 그의 문장은 그의 삶처럼 나아가는 힘을 품는다.

생텍쥐페리의 수직적 관점에서 바라보면 오늘날 우리를 넘어뜨리는 이 커다란 장애물은 작은 점에 불과할 것이다. 그 점에 부딪혀 자꾸 주저앉는 이 삶도 얼마나 미미한 존재인지……. 그의 문장을 따라가다 보면 앞을 막아서는 거대한 벽으로부터 한 발짝 물러나 벽의 본질을 살피게 된다. 벽 너머를 상상하게 된다. 어딘가에 있을 우물을 믿게 된다. 그렇게 벽을, 아니 점을 넘는다.

사랑은 마주 보는 것이 아니라

둘이 함께 같은 방향을 바라보는 것

생텍쥐페리는 관계에 있어서 서로 다른 존재를 연결하는 관계의 끈을 중요하게 생각했다. 나와 대상을 연결하는 끈이 있기에 대상의 존재도 소멸도 내 안에서 의미를 갖는다는 것이다. 그는 작품을 통해 관계의 끈을 잇기 위해서는 서로를 길들이는 노력과 책임이 필요하다는 것을 강조했다. 길들인다는 것은 관계를 맺는 일이며, 길들인 것에 대해서는 영원히 책임을 져야 한다고 말했던 어린 왕자와 장미, 여우의 이야기가 대표적인 예다.
오랜 비행 생활로 겪었던 잦은 이별과 고립, 하늘을 날며 어디에도 연결되어 있지 않다는 불안은 그를 관계에 대한 깊은 성찰로 이끌었다. 생텍쥐페리의 문학에서 하나의 세계는 관계를 통해 변화하는데, '나'는 사물('그것'이라 지칭할 수 있는 무의미한 대상)만이 존재하는 세계에서 어떤 것과 관계를 맺고, '나'와 관계를 맺은 대상은 '그것'이 아닌 '너'가 된다. 삼인칭의 세계(사물의 세계)에서 이인칭의 세계가 열린 것이다(이것은 이인칭이 관계의 인칭이자 사물의 세계를 의미의 세계로 바꾸는 기적의 인칭이라고 말하는 철학자 마르틴 부버의 관계론이기도 하다). '나'는 '너'가 있으므로 의미 있는 존재가 되고, '나'와 '너'가 만든 '우리'는 세계의 의미가 된다.

한편 우리를 연결하는 끈을 조금 더 들여다보면, 그것은 나와 대상의 완전한 분리를 전제한다는 것을 알 수 있다. 그에게 이상적인 관계란 합체가 아닌, 서로 다른 존재의 인정과 이해였다. 우리는 연결되어 있지만 결코 하나일 수 없고, 우리 사이에는 느슨한 끈만큼의 거리가 있다. 그 끈이 서로를 옭아매거나 서로 다른 방향으로 당기다가 끊어지지 않도록 돌봐야 한다는 것, 그러니 같은 방향으로, 발걸음을 맞춰 걷는 것이 생텍쥐페리식의 사랑인 것이다.

중요한 것은 도착하는 것이 아니라
어딘가로 향해 가는 것

재정적 위기로 다니던 회사가 문을 닫은 후, 에어프랑스의 홍보부에서 일하게 된 생텍쥐페리는 일간지 〈파리 수아르〉의 특파원으로도 활동한다. 당시 정치와 사회적 이슈에 민감하던 다른 작가, 예술가 들과 달리 오직 개인적 체험과 모험을 중요시하던 생텍쥐페리는 특파원 경험을 통해 동시대의 정치적 문제에 눈을 뜬다.
한편 조종사로서 생텍쥐페리는 1935년, 파리-사이공 구간의 비행 기록을 세우기 위해 떠났다가 리비아사막에 불시착한다. 그곳에서 그는 죽음에 직면하지만, 비행기 날개에 맺힌 이슬을 받아먹으면서 견뎠고, 그때의 경험을 토대로 쓴 글은 그의 대표작 중 하나인 『인간의 대지』에 담기게 된다.
유목민의 카라반을 만나 사막에서 구조되어 돌아온 생텍쥐페리는 그로부터 4년 후인 1939년에 『인간의 대지』를 출간한다. 같은 해 6월, 그 책은 미국에서 『바람과 모래와 별』이라는 제목으로 번역되어 큰 성공을 거두지만 그로부터 불과 몇 개월 후 제2차 세계대전이 발발한다.
그는 당연히 전투기 조종사로서 전쟁에 참여하기를 원한다. 참여하지 않는 지성은 그에게는 무의미한 것이었고, 실제로 베스트셀러 작가의 명성과는 상관없이 동료들과 고된 날들을 함께 견뎠으나, 휴전이 되자 드골이 이끄는 자유프랑스 진영에 반대했던 그는 미국으로 망명한다.
미국에서 생텍쥐페리는 유명 작가로서 활발한 활동을 펼친다. 그의 작품이 큰 인기를 얻고, 영화로도 만들어지면서 체류 기간이 길어졌지만, 정작 그는 모국어의 순수성이 훼손된다는 이유로 영어 배우기를 거부했다고 한다.
한편 미국에서 편안한 삶에 죄책감을 느끼던 생텍쥐페리는 『어린 왕자』와 『전시 조종사』를 출간한 후 전쟁 중인 유럽으로 되돌아온다. 그는 나이와 신체적 한계를 극복하고 젊은 비행사들처럼 다시 전투기 조종사가 되기를 원했고, 결국 알제에서 비행 중대에 복귀하는 데 성공한다.
생텍쥐페리는 적과 싸우며 명예롭게 죽기를 원했던 것이다.
1944년 7월 31일, 그는 마지막 비행에 나선다. 몇 번의 사고로 이미 망가진 그의 몸은 비행에 적합하지 않았으나 그에게 그런 것은 중요하지 않았으리라. 구름 한 점 없는 맑은 날이었다. 파란 하늘을 날던 그의 비행기는 프랑스 남부를 정찰하던 중에 갑자기 바다 쪽으로 선회하더니 잠시 후 해안선 너머로 사라져 버렸다. 그것이 그의 마지막이었다.
목격자들에 의하면 그의 비행기는 저공비행을 했고, 그의 어머니는 당시 집에서 비행기 소리를 듣다가 본능적으로 자기 아들이 조종하는 비행기임을 알았다고 한다.

> 사랑하는 어머니, 꽃이 핀 사과나무 아래에
> 앉아보세요. 프랑스에는 꽃이 피었다고 하니까요.
> 저를 대신해서 주변을 살펴보세요……. 초록이
> 무성한 어머니의 나라로 돌아가고 싶습니다.
>
> 『내 어머니에게 보내는 편지』

생텍쥐페리는 생의 마지막 순간에 초록이 무성한 어머니의 나라를 보았을까. 그는 추락하기 직전에 어머니 마리 드 생텍쥐페리가 사는 그 고장의 하늘을 날았다.
그의 죽음을 두고 오랫동안 여러 논란이 있었지만, 2000년에 지중해에서 그가 탔던 비행기의 잔해와 콘수엘로의 이름이 새겨진 팔찌가 발견됐고, 2008년, 독일의 공군 조종사가 생텍쥐페리의 비행기를 격추한 것이 자신이라고 밝히면서 독일 전투기에 격추되었다는 설이 가장 유력해졌다.
생텍쥐페리의 삶은 인간다움이 무엇인지 생각하고, 사유한 것을 행동으로 옮기며 나아가는 모험의 여정이었다. 그는 하늘에서나 사막에서나, 전쟁 중인 땅에서도 인간의 존엄성을 지키기 위해 애썼고, 스스로 삶의 의미를 부여했으며, 자신을 책임지고, 타인에 대한 책임을 다하면서 존재의 가치를 만들어나갔다.

> 나는 죽음을 기다리는 것이 아니라 다음 이어질 순간을 위해 산다. 나는 매초 부활한다. 꼬리에 꼬리를 물고 나타나는 기쁨 속에서 환희를 뒤쫓으며 산다. 그리고 예기치 못한 경이로운 쾌락을 맛보기 시작한다……. 매초 내게 생이 주어지는 것 같다. 매초 내 삶이 더 생생하게 느껴지는 것 같다. 나는 산다. 나는 살아 있다. 나는 아직 살아 있다. 나는 언제나 살아 있다.
>
> 『전시 조종사』

생텍쥐페리가 떠난 지 거의 80년이 된 지금, 세상은 바뀌었고 인간의 삶도 달라졌다. 하늘을 나는 일은 더 이상 특별하지 않고, 비밀을 속속들이 밝히는 과학과 기술, 넘치는 정보로 자연은 신비를 잃었다. 우리는 다른 나라에서 일어난 전쟁을 스마트폰 화면으로 지켜보면서도 아무렇지 않게 일상을 살아간다. 더 쉽게 날고, 더 멀리 가고, 더 많은 것을 본다. 그러나 "문을 열고 모자를 던지면 손가락 사이로 빠져나가는" 그 하루 앞에서만큼은 여전히 속수무책이다. 세상 모든 것이 열 보씩 전진하여도 아직 제자리걸음인 그 인생이란 도대체 무엇인가. 우리는 어떻게 살아가야 하는가.
여기, 삶의 의미를 찾아 치열하게 나아갔던 사람의 문장이 있다. 그의 문장은 그의 인생이었고, 당신이 읽게 될 이 글들은 '중요한 것은 도착하는 것이 아니라 어딘가로 향해 가는 것'이라고 말했던 이가 남긴 생의 흔적이라고 할 수 있겠다. 그러니 그의 흔적을 따라가다 보면 주저앉아 있던 곳에서 일어나 얼마쯤은 나아갈 수 있지 않을까. 그리고 어쩌면 그의 흔적이 끝나는 곳에서 당신만의 문장이 시작되지 않을까.

이제 생텍쥐페리의 세계로 들어가는 당신을 위한 이 안내문을 앙드레 지드가 쓴 『야간 비행』의 서문으로 마무리 지어보려 한다.

> 이 가슴 떨리는 이야기에서 내가 특히 좋아하는 요소는 바로 고귀함이다. 우리는 인간이 나약하고 쉽게 포기하며 타락한다는 것을 잘 알고, 오늘날 우리의 문학은 그것을 고발하는 데 지나치게 능하다. 그러나 우리

가 정말 보길 원하는 것은 강한 의지로 이르는 자기 초월이다.

인간의 고귀함을 믿으며

2023년 3월

신유진

모든 진정한 창조는

미래를 속단하는 일이 아니며,

공상과 유토피아를 추구하는 것도 아니다.

그것은 다만 현재에서 읽어낸 새로운 얼굴이다.

■ 일러두기

1. 이 책은 앙투안 드 생텍쥐페리의 저작물과 편지들 가운데서 엄선한 문장을 엮은 것이다. 저작물과 편지의 목록은 다음 페이지에서 확인할 수 있다.
2. 외국 인명, 지명, 독음 등은 외래어 표기법을 따르되 관용적인 표기와 동떨어진 경우 절충하여 실용적 표기를 따랐다.
3. 발췌문의 출전은 문장 말미의 겹낫표 안에 표기해두었으며, 편지의 경우 작성한 날짜를 병기했다.
4. 본문 아래 적힌 주석은 모두 옮긴이 주다.
5. 국내에 소개된 작품명은 번역된 제목을 따랐고, 국내에 소개되지 않은 작품명은 제목을 우리말로 옮겨 적었다.
6. 책 제목은 『 』로, 편명은 「 」로, 잡지와 신문 등 매체명은 〈 〉로 묶었다.

이 책에 인용된 저작물과 편지들

『인간의 대지Terre des hommes』

『남방 우편기Courrier sud』

『전시 조종사Pilote de guerre』

『어린 왕자Le Petit Prince』

『야간 비행Vol de nuit』

『성채Citadelle』

『내 어머니에게 보내는 편지Lettres A Sa Mere』

『젊은이의 편지Lettres de Jeunesse』

『어느 인질에게 보내는 편지Lettre à un otage』

『인생의 의미Un sens à la vie』

『바람과 모래와 별들Du vent du sable et des étoiles』

『전쟁 기록Écrits de guerre』

『편지(1930-1944)Correspondance(1930-1944)』

모리스 부르데Maurice Bourdet의 『비행의 위대함과 공헌Grandeur et servitude de l'aviation』 서문

앤 모로 린드버그Anne Morrow Lindbergh의 『잘 들어, 바람!Le vent se lève!』 서문

I

사랑과 우정과 연대

1 나는 너의 손을 잡고 함께 나아갈 것이다. 발길 닿는 대로 걷다 보면 언덕을 오를 수도 있을 것이다.

『성채』

2 냉장고, 정치, 대차대조표, 십자말풀이로는 더 이상 살 수 없습니다. 시 없이는, 색채와 사랑 없이는 살아갈 수 없습니다.

「X장군에게 보내는 편지」『인생의 의미』

3 누군가 수백만 수천만 개나 되는 별 중에서 특정한 별에만 있는 단 하나뿐인 꽃을 사랑한다면, 그는 그 별을 바라보는 것만으로도 행복해질 수 있을 거야. '저기 어딘가에 내 꽃이 있구나……' 하는 마음으로. 그런데 양이 그 꽃을 먹어버린다면, 그건 그에게는 갑자기 모든 별의 불빛이 꺼지는 것과 마찬가지일 거야.

『어린 왕자』

4 영혼이 고려하는 것은 대상이 아니라, 영혼과 대상 사이에서 서로를 이어주는 의미이다. 틈으로 읽히는 얼굴 말이다. 영혼은 선명한 곳에서 절대적인 암흑의 세계로 이동한다.

『전시 조종사』

5 오늘 저녁에는 왠지 모르게 생모리스의 서늘한 현관이 떠오릅니다. 우리는 저녁 식사를 마치고 잠자리에 들기 전 궤짝이나 가죽 의자에 앉고는 했습니다. 삼촌들은 복도를 이리저리 서성이고 다니셨지요. 등불은 침침했어요. 토막토막 끊긴 문장들이 들렸고, 저 먼 아프리카처럼 어쩐지 신비로운 분위기가 느껴졌지요. 거실에서는 브리지 게임, 그 신기한 브리지 게임이 시작됐어요. 그러면 우리는 잠을 자러 갔습니다.
르망에서 때때로 우리가 잠들 때쯤이면 어머니는 아래층에서 노래를 부르시곤 하셨어요. 우리에게는 그 노랫소리가 마치 큰 축제의 확성기 소리처럼 들렸지요. 저에게는 그렇게 느껴졌습니다. 제가 아는 가장 좋고, 평화롭고 정겨운 것은 생모리스 집 위층 방에 있던 작은 난로입니다. 그 난로만큼 제 마음을 놓이게 했던 것은 없었습니다. 밤에 잠에서 깨면 그것은 요란하게 코를 골며 벽에 보기 좋게 그림자를 드리웠어요. 왠지 모르겠지만 그때마다 저는 털이 복슬복슬한 충성스러운 강아지를 떠올렸지요. 그 작은 난로가 우리 모두를 지켜줬습니다.
가끔씩 어머니는 위층에 올라와 방문을 열고 우리가 따뜻하게 자는지를 확인하셨습니다. 그리고 난로가 전력을 다해 돌아가는 소리를 듣고서야 내려가셨지요. 저는 한 번도 그런 친구를 가져본 적이 없습니다.

저에게 무한함을 가르쳐준 것은 은하수도, 비행도, 바다도 아닌 어머니 방에 있던 보조 침대였지요. 우리에게는 몸이 아프다는 것이 놀라운 행운이었어요. 우리는 차례로 돌아가며 아프고 싶었습니다. 그것은 감기가 주는 바다처럼 무한한 권리였지요. 어머니의 침실에도 힘차게 돌아가는 난로가 있었습니다.
저에게 영원을 가르쳐준 사람은 마드무아젤 마르그리트였고요.
저는 어린 시절 이후로는 제가 제대로 살아 있는 것인지 확신이 서지 않습니다.
『내 어머니에게 보내는 편지』

6 나는 여전히 아르헨티나로 첫 야간 비행을 나갔을 때의 장면이 눈앞에 선하다. 벌판에 드문드문 뿌려진 빛만이 별처럼 반짝이던 어두운 밤이었다.
각각의 불빛은 암흑의 바다에서 기적처럼 깨어 있는 의식을 알렸다. 어느 집에서는 누군가 책을 읽고, 사색하고, 비밀을 좇고 있었다. 다른 곳에서는 어쩌면 누군가 공간을 측정하고 안드로메다 성운을 계산하느라 지쳤을 것이다. 저기서는 누군가 사랑을 나누었고, 곡식을 재촉하는 들에서는 불꽃이 빛나고 있었다. 시인과 교사와 목수의 은은한 불빛까지도. 그러나 저 살아 있는 별들 중에 닫힌 창문이, 빛을 잃은 별들이, 잠든 사람들이 얼마나 많겠는가.
서로 만나려고 해야 한다. 저 멀리 들판에서 타오르는 불빛들 중 하나와 소통하려 해야 한다.
『인간의 대지』

7 인간은 사료를 먹는 동물이 아니라 사랑을 먹는 존재다. 인간에게 사랑은 쓰임새보다 중요하다. 당신은 떠올릴 얼굴 없는 집을 사랑할 수 없으며, 그런 집을 향해 가는 발걸음은 아무런 의미가 없다.
『성채』

8 경험은 우리에게 알려준다. 사랑은 서로 마주 보는 것이 아니라 둘이 함께 같은 방향을 바라보는 것이라고.
『인간의 대지』

9 내가 B612호 소행성에 대해 자세히 이야기하고, 그 번호까지 알려줄 수 있는 것은 어른들 때문이다. 어른들은 숫자를 좋아한다. 당신이 새로 사귄 친구에 대해 말하면 어른들은 절대로 "그 애 목소리는 어떠니?" "무슨 놀이를 좋아해?" "나비를 수집하니?" 같은 중요한 질문을 던지는 법이 없다. 그들은 "그 애 나이는 몇 살이니? 형제는 몇이야? 몸무게는? 아버지는 벌이가 괜찮으시니?" 같은 것을 묻는다. 그래야 그 친구에 대

해 안다고 생각하는 것이다. 만약 어른들에게 "붉은 벽돌로 된 아름다운 집을 봤어요, 창가에 제라늄이 있고, 지붕에는 비둘기가 놀고 있는……"이라고 말하면 어른들은 그 집을 상상하지 못한다. 그들에게는 "10만 프랑짜리 집을 봤어요."라고 말해야 한다. 그래야 "멋진 집이구나!"라고 감탄한다.
그래서 당신이 어른들에게 "어린 왕자가 아름다웠고, 잘 웃었고, 양을 갖고 싶어 했다는 것이 그가 존재한다는 증거예요. 양을 갖길 원한다는 건 존재한다는 증거라고요"라고 말한다면, 그들은 어깨를 으쓱하고 당신을 어린애 취급할 것이다. 그러나 당신이 "그가 떠나온 별은 B612호 소행성입니다"라고 말하면, 그들은 그 말을 인정하고 더는 질문을 던지며 당신을 귀찮게 하지 않을 것이다. 어른들이란 그렇다. 그렇다고 그들을 너무 원망하지는 말기를. 어린이들은 어른들을 너그럽게 받아줘야 한다.

『어린 왕자』

10 "주느비에브, 시를 읽어줘."
당신은 시를 조금 읽었을 뿐이지만 우리는 당신이 이미 그 시를 다 알고 있다고 생각했다.
우리는 당황해하는 당신을 한 번도 본 적이 없다.
"시를 읽어줘."

당신은 시를 읽기 시작했다. 그 시는 우리에게 세상과 인생을 가르쳐줬다. 그것은 시인에게서 나오는 가르침이 아니라 당신의 지혜였다. 연인들의 고뇌와 여왕의 눈물이 고요하고 위대한 어떤 것이 되었다. 사람들은 당신의 목소리 안에서 그토록 조용하게 사랑으로 죽어갔다.
"주느비에브, 우리는 정말 사랑 때문에 죽을 수도 있어?"
당신은 시 낭송을 멈추고 깊은 상념에 빠졌다. 당신은 고사리와 귀뚜라미, 벌들에게서 답을 찾았노라고 했다. 그리고 "그렇다"라고 대답했다. 벌들 역시 사랑에 목숨을 거니까. 그것은 필요한 일이었고 평온하게 이뤄졌다.
『남방 우편기』

11 그 식물은 성장을 멈추고 꽃을 피울 준비를 시작했다. 어린 왕자는 커다란 꽃봉오리가 나오는 것을 지켜보며 어떤 기적적인 존재가 나타날 것을 예감했다. 그러나 꽃은 그만의 녹색 방에 숨어서 예뻐지기 위해 꾸미는 일을 멈추지 않았다. 꽃은 제 색깔을 정성껏 고르고 천천히 옷을 입으면서 꽃잎을 하나씩 치장했다. 꽃은 개양귀비처럼 흐트러진 모습으로 나오고 싶어 하지 않았다. 아름다움으로 빛날 때, 그때 비로소 나타나

고 싶었던 것이다. 아, 그렇다! 애교가 넘치는 꽃이었다! 꽃의 신비로운 치장은 며칠이고 계속됐다. 그러던 어느 아침, 해가 뜨는 시간에 맞춰 마침내 꽃이 모습을 드러냈다.

『어린 왕자』

12 "나는 샘을 발견했네. 여독을 풀기 위해 내게 필요한 것은 샘이었어. 그 샘은 거기 분명 존재하지. 다른 샘들은……. 사랑이 끝나면 우리가 저 멀리 별들 가운데 내던져진다고 말했던 여자들이 있었네. 그녀들은 쌓아 올린 마음 말고는 아무것도 가진 게 없는 존재였지. 주느비에브…… 그녀를 기억하는가? 우리는 그녀가 무언가에 사로잡혀 있다고 말했었지. 나는 사물의 의미를 발견하듯이 그녀를 다시 발견했네. 그리고 마침내 내면의 의미를 깨닫게 된 세상 속에서 그녀와 나란히 걷게 됐지……."

『남방 우편기』

13 서로 나란히 누운 두 사람은 말이 없었다. 나와 타인의 삶이란 강물 물줄기 나뉘듯 갈라지는 법이다. 영혼은 눈앞이 아찔할 정도로 빠르게 달아나고, 몸은 앞으로 튀어나가는 카누처럼 쏜살같이 빠져나간다.

『남방 우편기』

14 그녀는 사물들을 통해 그에게 나타났다. 그녀는 천 번의 헤어짐을 해결하는 중재자였고, 천 번의 결합을 도와주는 중매인이었다. 그녀는 그 마로니에 나무들을, 그 대로大路를, 분수를 그에게 되돌려 줬다. 각각의 사물들은 그의 영혼의 중심이 되는 비밀을 다시 한번 품었다. 그 공원은 더 이상 미국인 관광객들을 위한 것처럼 다듬어지거나 손질되어 있지 않았다. 대신에 낙엽들이 굴러다니고, 연인들이 흘린 손수건이 있는 무질서한 산책로처럼 보였다. 그렇게 공원은 하나의 함정이 됐다.

『남방 우편기』

15 "어떻게 하면 별들을 가질 수 있나요?

"그 별들은 누구의 것이지?"

사업가가 퉁명스럽게 되물었다.

"저도 모르죠. 누구의 것도 아닐 거예요."

"그러면 그건 내 거야. 내가 제일 먼저 생각했으니까."

"그럼 다예요?"

"물론이지. 네가 주인 없는 다이아몬드를 발견하면, 그건 네 것이 되는 거야. 네가 제일 먼저 어떤 생각을 해낸다면 특허를 받아야 해. 그건 네 거니까. 아무도 나보다 먼저 별을 소유할 생각을 하지 못했으니까 별은 내 것이 되는 거지."

"그건 그러네요. 그런데 그 별들로 뭘 해요?"
어린 왕자가 말했다.
"관리를 하는 거지. 별들을 세고 또 세고. 쉬운 일이 아니야. 그렇지만 나는 성실한 사람이니까."
사업가가 말했다.
그러나 어린 왕자는 그의 대답에 아직 만족하지 못했다.
"나는 목도리가 있으면 그걸 목에 두르고 다닐 수 있어요. 꽃을 가지고 있으면 꽃을 꺾어서 가지고 다닐 수 있고요. 그런데 별은 딸 수가 없잖아요!"
"없지. 그렇지만 은행에 맡길 수는 있어."
"그건 무슨 뜻이에요?"
"그러니까 종이에 내 별의 개수를 적을 수 있다는 뜻이야. 그리고 그 종이를 서랍에 넣고 잠글 수 있고."
"그리고요?"
"그게 다야!"
'재미있군.' 어린 왕자는 생각했다. 그 일은 시적이긴 했지만 그에게는 그다지 중요해 보이지 않았다.
어린 왕자는 중요한 일에 대해서 어른들과 다른 생각을 하고 있었다.
"나는요, 매일 물을 주는 꽃을 한 송이 가지고 있어요. 화산도 세 개나 있어서 매주 청소를 해줘야 하고요. 더 이상 폭발을 하지 않는 화산도 청소를 해주거든요.

혹시 모를 일이잖아요. 내가 꽃과 화산을 가지고 있어서 그들에게는 유용하죠. 그렇지만 당신은 별에게 유용하지 않잖아요…….”
사업가는 입을 열었지만 대답할 말을 찾지 못했고, 어린 왕자는 그곳을 떠났다.

『어린 왕자』

16 유심히 바라볼 수 있는 사람은 씨앗을 바꿀 수 있다. 명백한 진실을 발견한 사람은 다른 사람에게 그것을 보여주려 애쓴다. 무언가를 발명한 사람은 자신의 발명품을 알린다. 나는 오슈데 같은 사람이 어떻게 설명하고 행동하는지 알지 못하지만 그런 것은 내게 중요하지 않다. 그는 주변에 자신의 믿음을 조용히 퍼뜨린다. 나는 승리의 원칙이 무엇인지를 어렴풋이 알 것 같다. 전부 지어진 성당에서 관리인으로 일하거나 의자 사용료를 받는 사람은 이미 패자다. 누구든 성당을 짓겠다는 뜻을 품은 사람이 승자다. 승리는 사랑의 열매다. 오직 사랑만이 자기 손으로 빚어낼 얼굴을 알아보고, 오직 사랑만이 그것을 지배한다. 지성은 오직 사랑을 위해 쓸 때만 가치가 있다.

『전시 조종사』

17 카멜레온 한 마리를 길들였습니다. 이곳에서 제 역할

은 길들이는 것이지요. 저와 잘 맞는 일입니다. 길들인다는 것은 참 예쁜 말이지요. 저의 카멜레온은 고대 동물을 닮았습니다. 디플로도쿠스 공룡과 비슷해요. 몸짓이 놀랍도록 느리고요, 거의 인간처럼 조심성이 많으며, 끝없는 생각에 잠기기도 합니다. 몇 시간이고 꼼짝도 하지 않죠. 태고의 밤에서 온 것 같습니다. 저녁에는 우리 둘 다 꿈을 꾸지요.

『내 어머니에게 보내는 편지』

18 "길들인다는 건 뭐야?"

어린 왕자가 물었다.

"너무 잊힌 말이긴 한데, 관계를 맺는다는 뜻이야."

여우가 말했다.

"관계를 맺는다고?"

"물론이지. 너는 아직 내게 수많은 다른 남자아이 중에 한 명일 뿐이야. 나는 네가 필요하지 않지. 너 역시 내가 필요하지 않아. 나는 너에게 다른 수많은 여우들과 차이가 없는 한 마리의 여우일 뿐이니까. 그런데 네가 나를 길들이면 우리는 서로가 필요하게 돼. 너는 나에게 있어서 세상에 단 하나뿐인 존재가 되는 거야. 나 역시 너에게 있어서 세상에 단 하나뿐인 존재가 되고……."

여우가 말했다.

"이제 조금 이해가 되기 시작했어. 내게 꽃 한 송이가 있는데, 아무래도 그 꽃이 나를 길들인 것 같아……."
어린 왕자가 말했다.
"그럴 수도 있지. 지구에서는 별별 일이 다 있으니까."
여우가 말했다.
"아! 지구가 아니야."
어린 왕자가 말했다.
여우는 몹시 궁금해하는 것 같았다.
"그럼 다른 별이라고?"
"응."
"그 별에는 사냥꾼이 있어?"
"아니."
"그거 흥미롭군! 닭은?"
"없어."
"세상에 완벽한 건 없으니까."
여우가 한숨을 쉬었다.
그러나 여우는 하던 이야기를 계속 이어갔다.
"내 생활은 단조로워. 나는 닭을 쫓고, 사람들은 나를 쫓지. 모든 닭은 다 똑같이 생겼어, 인간도 모두 똑같고. 그래서 조금 지겨워. 그렇지만 네가 나를 길들인다면 내 삶은 햇빛이 드는 것처럼 환해질 거야. 나는 모든 발걸음들과 구별되는 단 하나의 발걸음 소리를 알아차리게 될 거야. 다른 발걸음 소리를 들으면 얼른 땅속으로 들어가겠지. 너의 발걸음 소리를 들으면 음악을 들은 것처럼 땅굴에서 튀어나올 거야. 그리고 봐 봐! 저기 말이야! 밀밭이 보이니? 나는 빵을 먹지 않아. 나한테 밀은 아무짝에도 쓸모없는 것이지. 밀밭을 봐도 아무 생각이 없어. 그게 얼마나 슬픈 일이니! 그렇지만 네가 금발머리잖아. 그러니 네가 나를 길들이면 환상적일 거야! 황금빛으로 물든 밀을 보면 네가 떠오를 테니까. 나는 밀밭을 지나가는 바람 소리도 좋아하게 될 거야…….”

여우는 말을 멈추고 어린 왕자를 오랫동안 바라봤다.

“부탁이야……. 나를 길들여줘.”

여우가 말했다.

“나도 그러고 싶어.” 어린 왕자가 대답했다. “그렇지만 시간이 많지 않아. 만나고 싶은 친구들도 있고, 알고 싶은 것들도 많거든.”

“우리는 자기가 길들인 것만 알게 되는 거야.” 여우가 말했다. “사람들은 이제 시간이 없어서 아무것도 알지 못해. 그들은 상점에 가서 이미 만들어진 것들을 사지. 그렇지만 친구를 파는 상점은 없으니까 사람들은 친구가 없는 거야. 네가 만약 친구를 원한다면 나를 길들여줘!”

“그럼 어떻게 해야 하는데?”

어린 왕자가 말했다.

“인내심이 커야 해.” 여우가 대답했다. “일단 내게서 조금 떨어진 곳에 앉아 봐. 그렇게, 풀밭에. 내가 곁눈질로 너를 슬쩍 볼 테니까 너는 아무 말도 하지 마. 언어는 오해의 근원이거든. 그렇지만 매일 조금씩 더 가까이 다가와 앉을 수 있을 거야…….”

다음 날 어린 왕자는 다시 왔다.

“같은 시간에 왔으면 좋았을걸.” 여우가 말했다. “네가 만약 오후 4시에 온다고 하면 나는 3시부터 행복하기 시작할 거야. 시간이 가면 갈수록 점점 더 행복해지다가 4시가 되면 이미 흥분해서 가슴이 콩알만 해질 거야. 그렇게 행복의 가치를 알게 되겠지. 그렇지만 네가 아무 때나 온다면 나는 몇 시부터 마음의 준비를 해야 할지 모르니까……. 그래서 의식이 필요해.”

“의식이 뭐야?” 어린 왕자가 물었다.

“그것도 너무 많이 잊힌 말인데, 어떤 날을 다른 날들과 다르게 만드는 것, 어떤 시간을 다른 시간과 다르게 만드는 것이야. 나를 쫓는 사냥꾼들을 예로 들면 그들에게도 의식이 있어. 그들은 목요일이 되면 마을에서 여자들이랑 춤을 추지. 그래서 목요일은 멋진 날이야! 포도밭까지 산책을 하러 가거든. 사냥꾼들이 아무 때나 춤을 춘다고 하면, 모든 날은 다른 날과 다를 바 없을 테니 내게는 쉬는 날이 단 하루도 없겠지.”

그렇게 어린 왕자는 여우를 길들였다. 그러다 그가 떠

나야 할 시간이 다가왔다.
"아! 나 울 것 같아."
여우가 말했다.
"네 잘못이야. 나는 너를 아프게 하고 싶지 않았어. 네가 원했던 거지, 내가 너를 길들이기를……."
어린 왕자가 말했다.
"맞아."
여우가 말했다.
"그래서 네가 얻은 게 아무것도 없잖아!"
"얻은 게 왜 없어. 밀밭의 색깔이 있잖아."
여우가 말했다.
그리고 이렇게 덧붙였다.
"가서 장미들을 다시 봐. 너의 장미가 세상에 하나뿐이라는 것을 이해하게 될 거야. 그리고 나와 작별인사를 나누러 와주렴. 그럼 내가 너에게 선물로 비밀을 하나 가르쳐줄게."

『어린 왕자』

19 "안녕." 여우가 말했다. "내 비밀은 이거야. 정말 간단해. 마음으로 봐야 잘 보인다는 것. 가장 중요한 것은 눈에 보이지 않아."
"가장 중요한 것은 눈에 보이지 않아."
어린 왕자는 그 말을 기억해두기 위해 되뇌었다.

"네 장미꽃이 그토록 소중한 꽃이 된 것은 네가 너의 장미를 위해 시간을 들였기 때문이야."
"내가 나의 장미를 위해 들였던 시간 때문이야……."
어린 왕자는 기억해두기 위해 되뇌었다.
"사람들은 이런 진실은 잊어버렸어." 여우가 말했다.
"그렇지만 넌 잊어서는 안 돼. 너는 네가 길들인 것에 대해서 영원히 책임을 져야만 하니까. 너는 너의 장미를 책임져야 해……."
"나는 나의 장미를 책임져야 한다……."
어린 왕자는 기억해두기 위해 되뇌었다.
『어린 왕자』

20 나는 넓이에 대한 자각을 완전히 잃어버렸다. 그러나 넓이에 관해서라면 까막눈이 됐지만, 그것을 갈증처럼 느낀다. 이곳에서는 모든 이의 모든 바람이 같은 크기로 만져진다.
우연이 사랑을 깨우면 사람은 그 사랑에 따라 모든 질서를 세우고, 그 사랑이 그에게 넓이의 감각을 느끼게 해준다. 내가 사하라에서 살았을 때, 밤에 느닷없이 아랍인들이 우리가 피운 불 주위에 나타나 멀리서 다가오는 위협을 경고해줬을 때, 내게는 우리를 연결하고 있는 사막이 하나의 의미로 다가왔다. 이 메신저들은 넓이의 감각을 일깨워준다. 아름다운 음악이나, 오래된 옷장에서 나는 수수한 냄새가 우리 안에서 추억을 깨워 다시 엮을 때도 마찬가지다. 무언가가 의미 있게 다가오는 것, 그것이 넓이에 대한 자각이다.
그러나 나는 사람에 관한 것이라면 그 어느 것도 셀 수 없고 측정할 수 없다는 것을 안다. 진정한 넓이는 눈이 아니라 영혼으로 볼 수 있다. 진정한 넓이는 언어만큼 가치 있다. 사물을 이어주는 것이 언어이기 때문이다.

『전시 조종사』

21 나는 늘 언어라는 것이 거북이들의 사랑과 같다고 생각했습니다. 제대로 전달이 되지 않으니까요. 3천만 년 후에는 어떻게 될지 두고 봅시다. 조금은 더 우아해질지도 모르는 일이지요.
그러면 굳이 다 말하지 않아도 이해할 수 있지 않을까요…….

「넬리 드 보귀에에게 보내는 편지(1944)」『바람과 모래와 별들』

22 둘 사이에서 진실이란 어느 한쪽에 있는 것이 아니라 양쪽의 저 바깥에 있는 것이다.

『성채』

23 주느비에브는 그렇게 살도록 내버려 두게나.

지금 그녀가 혼란 속에서 살고 있다는 것은 나도 알고 있네. 그러나 인생에서 비극이란 드문 일이지. 우정도, 다정도, 청산해버려야 할 사랑도 정말 많지 않아. 자네가 에를랭에 대해 뭐라고 말하든, 남자 한 명쯤은 그리 중요한 게 아니야. 내 생각에 삶은 다른 것에 기대고 있는 것 같거든. 습관, 관습, 법칙, 자네가 모두 필요 없다고 여기는 것들, 자네가 벗어던진 모든 것들 말이야……. 그런 것들이 하나의 틀이 되어주는 것이지. 존재하기 위해서는 자신을 둘러싼 지루한 현실이 필요한 법이라네. 그러나 터무니없든 불공평하든 그 모든 것은 그저 말에 불과한 것이지. 자네가 주느비에르를 데려온다면, 주느비에브는 자기 자신을 잃고 말 거야.

게다가 그녀는 자신이 필요한 게 무엇인지 알고 있기는 한가? 자신이 재물에 대해 어떤 습성을 가졌는지도 모를 거야. 얼마간의 돈은 재산을 획득하게 해주고, 외적인 삶을 자극하며, 내면적인 삶 또한 누릴 수 있도록 해주지. 그러나 큰돈은 세상의 이런저런 것들을 지속시키게 해줘. 눈에 보이지 않는 강물이 지하에서 한 저택의 벽과 추억을, 그 영혼을 100년 동안 먹여 살리는 것처럼 말이야. 그런데 자네는 눈에 보이지 않지만 집을 구성하고 있는 수많은 물건들을 집에서 치우듯 그녀에게서 그녀의 삶을 비워내려고 하고 있어.

자네에게 사랑이란 태어남을 의미한다는 것을 알고 있네. 자네는 새로 태어난 주느비에브를 데려오는 것이라고 생각하겠지. 자네는 사랑을 램프처럼 쉽게 밝힐 수 있는 두 눈의 빛깔 같은 것으로 생각했을 거야. 사실 어떤 순간에는 지극히 단순한 말들이 엄청난 힘을 가지고 쉽게 사랑을 키울 수 있을 것처럼 보이기도 하지.

그러나 산다는 것은 분명 다른 문제인 듯하네.

『남방 우편기』

24 한 사람의 고통은 세계의 고통만큼 가치 있다. 한 사람의 사랑은 그가 아무리 어리석어도 은하수와 별들을 흔들리게 한다. 나는 배가 물 위에 그리는 곡선처럼 부드럽게 당신을 내 품에 안는다. 그렇게 사랑을 짊어진 이 강한 어깨는 배가 되어 먼바다를 향해 출범한다.

『성채』

25 친구여, 분명 그렇기에 나는 당신의 우정이 이토록 필요한가 보다. 나는 이성의 논쟁을 초월하여 내 안의 저 불을 찾아가는 순례를 존중해줄 동반자를 갈망한다. 나는 앞으로 우리의 것이 될 이 만남 속에서 온기를 미리 맛보고, 쉬고, 나 자신을 조금 초월해야 할 필

요성을 느끼고는 한다.
나는 논쟁과 배타적인 행동과 광신에 질려버렸다! 제복을 입지 않고, 코란의 구절을 암송하지 않고, 내면의 고향에 관한 그 무엇도 단념하지 않고 당신의 집에 들어갈 수 있다면. 당신의 곁에서 나는 변명할 필요도 없고, 자신을 변호할 것도 없으며, 나를 증명할 것도 없고, 투르뉘Tournus에서처럼 평화를 찾는다. 서투른 말에도, 틀릴 수 있는 논리에도, 당신은 그저 내 안의 인간을 주시할 것이다. 당신은 내 안의 믿음과 관습, 특별한 사랑을 존중한다. 내가 당신과 다르다면, 당신은 내게 상처를 주지 않고 나의 발전을 도울 것이다. 사람들이 여행자에게 묻듯이 당신은 내게 물을 것이다. 누구나 그렇듯이 인정받고 싶다는 욕구를 느끼는 나는 당신 안에서 순수해지고 그래서 당신을 향해 나아간다. 나는 내가 순수해지는 곳으로 가야 할 필요를 느낀다. 그것은 결코 당신에게 내가 누구인지를 알려주려는 말과 행동이 아니다. 당신은 나를 있는 그대로 받아들여줬고, 필요하다면 내 말과 행동도 너그럽게 대해줬다. 나를 있는 그대로 받아줘서 당신에게 고맙다. 나를 판단하는 친구와 무엇을 하겠는가? 내가 친구를 식사에 초대했는데, 그가 다리를 절면 앉으라고 하지 춤을 추라고 하진 않을 것이다.
친구여, 산 위에 올라가 크게 숨을 쉬는 것처럼 나는

당신이 필요하다. 나는 다시 한번 손Saône 강변에 있는 작은 술집의 낡은 테이블에 앉아, 당신 곁에서 팔꿈치를 괴고 두 명의 뱃사공을 초대해 태양을 닮은 미소가 번지는 평화 속에서 술잔을 기울이고 싶다.

『어느 인질에게 보내는 편지』

26 당신은 인간을 표면으로만 만나서는 안 된다. 그의 영혼과 가슴과 정신의 일곱 층까지 내려가서 만나야 한다. 그렇지 않고 그의 가장 저속한 행동에서 인간을 만나려 한다면 헛된 피만 흘리게 될 것이다.

『성채』

27 한 명의 친구가 사원에 들어올 때 그가 진실하다면, 그것은 수많은 친구가 들어오는 것과 같다. 기쁨이란 빵을 함께 나눠 먹는 데서부터 오거나 자기가 불을 쬐던 난로 옆자리를 내주는 데서 생긴다.

『성채』

28 오직 고요 속에서만 각자의 진실이 서로 엮여 뿌리를 내린다.

『성채』

29 모두가 협력하고 갈구하지 않는 창조란 존재하지 않

는다. 나무의 밑기둥이 사랑으로 묶여 있을 때만 창조가 있는 것이다.

『성채』

30 사랑을 소유의 망상과 헷갈리지 말라. 그 망상은 극심한 고통을 가져다준다. 대부분의 사람들이 말하는 것과 달리 사랑은 고통을 주지 않는다. 그러나 소유의 본능은 고통을 주고, 그것은 사랑의 반대다.

『성채』

31 친구란 무엇보다도 평가하지 않는 사람이다. 방랑자에게 대문을 열어주고, 그의 목발과 지팡이를 한쪽에 놓아주며, 그를 평가하기 위해 춤을 춰보라고 하지 않는 사람이다. 방랑자가 길 위에 활짝 핀 봄을 이야기하면, 자신 안에 봄을 받아들이는 사람이다. 또 그가 자신이 떠나온 마을을 덮친 기근의 끔찍함을 이야기하면, 그와 함께 기근에 고통스러워하는 사람이다. 왜냐하면 내가 당신에게 말했듯이 인간에게 있어 친구란 당신을 위해 마련된 것이며, 다른 곳에서는 절대 열리지 않는 문이 당신만을 위해 열리는 것이기 때문이다.

『성채』

32 평화는 추상적인 어떤 것이 아니야. 위기와 추위의 끝

도 아니지. 설사 그렇다고 해도 내게는 별 의미 없을 거야. 나는 위기도 추위도 두렵지 않으니까. 오르콩트에 있을 때 나는 내가 자랑스러웠어. 잠에서 깨어나면 이불을 걷고 나와 용맹스럽게 난로에 불을 지피러 갔거든. 그러나 진정한 평화는 손강의 강변에서 그대와 함께 캄파뉴 빵에 소시지를 한 입 베어 먹는 것이지. 지금 먹는 이 소시지에서 아무 맛도 느낄 수 없다는 것이 나를 슬프게 한다.

「레옹 베르트에게 보내는 편지(1940.2)」『바람과 모래와 별들』

33 너는 아무 조건 없이 그저 나의 친구가 될 수 있다. 나는 너를 사랑하기 때문에 있는 그대로의 너를 맞이하려는 것이다. 네가 다리를 절면, 나는 너에게 춤을 추자고 하지 않을 것이다. 네가 누군가를 미워한다면, 나는 그 사람을 초대해서 너를 곤란하게 하지 않겠다. 네가 음식이 필요하다면, 너에게 음식을 내줄 것이다. 너를 알기 위해 너를 분석하지 않을 것이다. 너는 이런 행위도 저런 행위도 아니고, 그 행위의 총합도 아니다. 너는 이런 말도 저런 말도 아니며 그 말의 총합도 아니다. 나는 너를 말과 행위로 판단하지 않겠다. 그러나 나는 너를 통하여 이 말과 이 행위를 판단할 것이다.

『성채』

34 한 여자가 아름다워 보일 때, 나는 할 말을 잃는다. 그 여자가 웃는 모습을 그저 바라볼 뿐이다. 지식인들은 여자의 얼굴을 조목조목 뜯어보며 설명하려 들지만, 정작 여자의 웃는 모습은 보지 못한다.
안다는 것은 하나하나 뜯어서 분석하는 것도, 설명하는 것도 아니다. 안다는 것은 보이는 대로 다가가는 것이다. 그러나 제대로 보기 위해서는 먼저 함께 나눠야 한다. 그것은 쉽지 않은 배움이다.

『전시 조종사』

35 마음에서 우러나오는 겸손은 너 자신을 낮추는 것이 아닌, 너 자신을 열기를 요구한다. 그것이 바로 교류의 열쇠인 것이다. 그러니 너는 그저 주거나 받을 수 있는데, 나는 하나의 길을 가는 이 두 단어를 구별할 줄 모른다. 겸손은 인간에 대한 복종이 아니라 신에 대한 복종이다. 돌도 마찬가지로 돌이 아닌 사원에 복종한다. 네가 무언가에 쓰임을 받는 것, 그것이 창조다. 어머니는 어린아이 앞에서 겸허하고, 정원사는 장미 앞에서 겸허하다.

『성채』

36 10분 동안 비행을 하고 일요일 내내 잠만 잤습니다. 성냥과 담배와 우표를 사면서 하루를 보냈고요. 이 동

네의 담배 가게 아가씨가 아주 예쁩니다. 내 방에는 이미 성냥갑 30개와 40년 동안 쓸 우표가 있지요. 8일 동안 했던 사랑의 우울한 결과입니다.
아주 매력적인 담배 가게 아가씨이지요. 계산대가 마치 왕좌라도 된 것처럼 아름다워요. 그 가게에만 가면 그녀와 내가 서로 너무 멀어 가까워질 수 없을 것 같고 또 내가 무척 작게 느껴집니다. "40센트입니다"라는 말이 나를 취하게 하지요. 사람은 자기만 알아볼 수 있는 사랑의 말을 찾고 다니나 봅니다.
마음속으로 저 아가씨가 무슨 생각을 하는지 헤아려 봅니다. 아마 아무 생각 없을지도 모르지만, 그래도 뭔가를 생각하는 것처럼 보여요.
친구들이 그립습니다! 친구가 많지 않지만 그럴수록 그들에게 더 애착을 느낍니다. 시간이 지나 수염이 하얗게 세서 돌아가면 당신들은 나를 까맣게 잊어버리겠지요. 그것이 나를 화나게 합니다. 내가 어디로 떠나야 하는지 나 자신은 알지 못하니까요.
『젊은이의 편지』

37 그런데 내가 왜 편지를 쓰는지 그 이유를 잘 모르겠습니다. 나는 내게 일어난 이런저런 일들을 함께 나눌 친구가 필요해요. 걱정을 함께 나눌 수 있는 사람이요. 그 대상자로 내가 왜 당신을 선택했는지는 모르겠습

니다.
당신은 정말 이상해요. 내가 편지에 쓴 문장이 내게 되돌아오는 것 같습니다. 편지를 읽기 위해 고개를 숙인 당신의 얼굴이 떠오르지 않아요. 나의 태양과 작은 과자, 꿈에 대한 이야기에 너그러운 당신을 상상할 수 없습니다. 나는 기분을 전환하기 위해 큰 의미 없이 조용히 편지를 썼어요. 그건 어쩌면 나 자신에게 쓴 것일지도 모르겠습니다.
『젊은이의 편지』

38 인간에게 있어서 중요한 양식은 사물에서 나오는 것이 아니라 사물들을 엮는 끈에서 나온다. 다이아몬드가 아니라 다이아몬드를 사이에 두고 이뤄지는 관계와 그것을 키울 수 있는 인간, 모래가 아니라 모래와 부족 사이의 관계, 책 속의 말이 아니라 사랑을 말하는 책 속의 말과 시, 그리고 신의 지혜 사이의 관계가 중요한 것이다.
『성채』

39 알리아스 대장님, 알리아스 대장님, 당신 곁에 있는 그 공동체가 내게는 앞이 보이지 않는 사람들을 위한 불처럼 느껴졌습니다. 앞이 보이지 않는 사람은 어디서 그 쾌락이 오는지 알지 못하고 자리에 앉아서 손을 뻗

습니다. 우리는 임무를 마치고 돌아와 경험해본 적 없는 맛을 안겨줄 보상을 받을 준비를 합니다. 그것은 그저 사랑일 뿐이지요.
그러나 우리는 그 보상에서 사랑을 알아보지 못합니다. 우리가 일반적으로 생각하는 사랑은 더 격렬하고 비장하니까요. 그러나 여기에서 말하는 사랑은 인연의 끈을 엮는 진정한 사랑입니다.

『전시 조종사』

40 사막이 되어버린 세상에서 우리는 동료들을 찾는 일에 목마르다. 동료들끼리 나눠 먹은 빵의 맛은 우리에게 전쟁의 가치를 인정하게 했다. 그러나 같은 목표를 향해 달리는 사람과 어깨를 나란히 하며 온기를 느끼기 위해서 전쟁할 필요는 없다. 전쟁은 우리를 속인다. 증오는 목표를 향해 달려가는 열기에 아무것도 보태주지 않는다.

『인간의 대지』

41 어딘가에서 혼자 남아 야간 근무를 하는 직원을 만나게 될 것이다. 어딘가에서 한 사람이 삶이 계속되도록, 의지가 끊어지지 않도록, 툴루즈에서 부에노스아이레스까지, 기항지에서 기항지로 이어지는 항로가 끊어지지 않도록 일하고 있었다.

"그 사람은 자신의 위대함을 모른다."
우편 항공기가 어딘가에서 싸우고 있었다.
야간 비행은 낫지 않는 병처럼 지속됐다. 밤을 새워야 했고, 손과 무릎으로, 가슴과 가슴을 맞대고 어둠에 맞서는 사람들, 맹목적으로 팔을 움직여 바다에서 헤엄치듯 빠져나와야 하는 사람들, 눈에 보이지 않게 움직이는 것들밖에 모르는 그 사람들을 도와야 했다. 때때로 "내 손을 보려고 불을 켜야 했습니다……" 같은 끔찍한 고백을 들었다. 사진 현상액 같은 붉은 빛에 드러난 것은 오직 부드러운 손뿐. 세상에 남은 것, 구해야 할 것은 그것이다.

『야간 비행』

42 그러나 그는 이 숨 막힘을 잘 알고 있었다. 조종사라면 누구나 알고 있는 것이었으니까. 눈앞에 수많은 장면들이 스쳐 지나간다. 우리는 사구와 태양과 침묵의 실제 무게만 한 고독에 갇혔다. 우리 위의 세상이 무너져 내렸다. 밤이 오면 우리는 겨우 영양 한 마리를 내쫓을 수 있는 몸짓을 지닌 약한 존재가 되고, 우리의 목소리는 300미터 이상을 넘지 못하고 사람들에게가 닿지 못한다. 우리는 모두 어느 날, 이 낯선 행성에 떨어진 것이다.
창공을 나는 시간은 일상의 시간에 비하면 그 폭이 너

무 크다. 카사블랑카에서 우리는 우리의 약속 때문에 한 시간 단위로 시간을 계산하고, 약속을 할 때마다 마음이 바뀐다. 비행기에서는 30분 단위로 기후가 달라진다. 피부에 닿는 것들이 달라지는 것이다. 이곳에서는 주 단위로 시간을 센다.
이 시간으로부터 우리를 구원하는 것은 동료들이다. 우리가 기운이 없어 보이면 그들은 우리를 끌어올려 동체에 앉힌다. 강철 같은 동료의 손목이 그 세계에서 우리를 끌어내 그들의 세계로 데려가 준다.
『남방 우편기』

43 인생에 눈을 뜨기 위해서는 무엇이 필요한가? 우리 자신을 던져야 한다. 우리는 막연하게나마 인간은 같은 것을 봐야 만날 수 있다는 것을 느꼈다. 조종사는 같은 우편 비행기를 두고 서로 싸울지라도 만난다. 히틀러 신봉자들은 같은 히틀러 신봉자들에게 자신을 희생한다. 등산대원들은 같은 정상을 향한다. 인간들은 곧장 서로를 향하지 않으면 만나지 못하지만, 같은 신을 향한 믿음 안에서는 만나기도 한다. 우리는 폐허가 된 세상에서 동료를 다시 만나고 싶은 갈증을 느낀다.
「평화 혹은 전쟁」『인생의 의미』

44 이 밀은 내일이면 달라질 것이다. 밀은 먹을거리 그

이상이다. 사람을 먹이는 것은 가축을 살찌우는 것과 다르다. 빵은 얼마나 큰 역할을 하는가! 우리는 빵을 함께 쪼개 먹으면서 빵이 인간 공동체의 도구임을 알게 되었고, 빵을 얻기 위해 이마에 땀 흘리는 노동의 위대함을 알게 되었다. 우리는 빈곤한 시기에 빵을 나누면서 주고받는 정을 알게 되었다.

『전시 조종사』

45 내가 평화를 얻어내기 위해 전쟁을 한다면, 나는 전쟁을 구축한 것이다. 평화는 전쟁을 통과해 이르는 상태가 아니다. 내가 평화란 무력으로 정복하는 것이라고 믿는다면, 무기를 내려놓았을 때 나는 죽게 될 것이다. 평화란 내가 평화를 구축할 때만 이뤄지는 것이니까. 말하자면 내가 그것을 받아들이거나 흡수한다면, 내 왕국에서 모든 사람이 각자의 바람을 표현하는 방식을 찾는다면 평화를 이룩할 수 있을 것이다. 평화의 모습이란 어쩌면 각자가 자기만의 방식으로 사랑하는 것과 같을 수도 있으니까.

『성채』

46 이것이 메르모즈와 다른 이들이 우리에게 가르친 것이다. 한 직업의 위대함이라는 것은 어쩌면 다른 어떤 것보다 사람들을 연결하는 데 있다는 것. 진정한 호사가

하나 있다면 그것은 사람 사이의 관계이기 때문이다.
우리는 물질적인 것만을 위해 노동하며 스스로를 감옥에 세운다. 우리는 살아가는 데 아무 가치도 없는 재로 된 돈을 쥐고 자신을 외롭게 가둔다.
내 기억 속에서 오래 애정을 느낄 수 있는 추억을 찾아보면, 내게 중요했던 시간을 헤아려 보면, 물질적 풍요가 내게 줄 수 없는 것을 분명 찾아내게 된다. 메르모즈처럼 시련을 함께 견뎌내면서 영원히 맺어진 동료와의 우정은 돈으로 살 수 없다.
비행을 하던 밤과 수없이 많은 별들, 그 고요함, 몇 시간 동안 누렸던 통치자의 힘은 돈으로 살 수 없다.
어려운 고비를 넘긴 후 만난 새로운 세상, 그 나무들, 그 꽃들, 그 여인들, 새벽이 되어 우리에게 되돌아온 생명으로 채색된 그 상쾌한 미소들, 우리에게 보상으로 주어지는 그 사소한 것들의 합주, 돈으로는 그런 것들을 살 수 없다.
『인간의 대지』

47 사람들은 진흙을 통해 작품을 예측할 수 있다. 그리고 작품을 향한 무한한 애착을 느낄 수 있다. 하지만 애정은 개인에 대한 존중을 통해서만 생겨난다. 애정은 하찮은 것 틈에서도 보금자리를 만든다. 얼굴이 우스꽝스럽고 괴벽을 가진 이들 속에서도 말이다. 만약 한

친구를 잃었다면, 그것은 어쩌면 울어도 모자랄 그의 잘못일 것이다.

「모스크바」『인생의 의미』

48 기요메가 죽었습니다. 오늘 밤은 내게 단 한 명의 친구도 없는 것 같습니다.
나는 그를 동정하지 않습니다. 죽은 이들을 동정하는 법을 배운 적이 없으니까요. 그러나 그가 사라졌다는 사실에 익숙해지기까지는 오랜 시간이 필요할 것 같습니다. 이미 그것이 끔찍이 무겁게 느껴집니다. 몇 달이 걸리겠지요. 나는 너무도 자주 그를 필요로 했으니까요. 우리는 어쩌면 이렇게 빨리 늙는지! 카사블랑카-다카르 팀에서 남은 유일한 사람은 나뿐입니다. 브레게 14*의 위대한 영광의 시대를 살았던 사람들, 콜레, 렌느, 라살, 보르 가르, 메르모즈, 에티엔느, 시몬, 레크리뱅, 윌리, 베르니, 리겔르 피코두 그리고 기요메, 그 시기를 함께 했던 이들이 모두 죽었고 이제 이 땅에 나와 추억을 나눌 수 있는 사람은 아무도 없습니다. 나는 이 빠진 늙은이처럼 모든 추억들을 혼자 곱씹습니다. 남아메리카 노선을 함께 했던 이들도 아무도 남지 않았습니다. 단 한 명도…….

* 프랑스에서 만든 정찰기 및 경폭격기. 제1차 세계대전에 사용되었다.

내게는 "기억해?"라고 물을 수 있는 동료가 세상에 아무도 없습니다. 얼마나 절대적인 사막의 고독인가요. 내 인생에서 가장 치열했던 8년의 막바지에 뒤늦게 합류하여 관리자 역할에만 충실했던 루카스와 툴루즈를 한 번도 떠나지 않아서 같이 살아본 적 없었던 뒤브르디외만 남았습니다.
살면서 친구들, 그것도 모든 친구들을 땅에 묻는 일은 아주 늙은 사람에게만 일어나는 줄 알았는데 말입니다.
모든 삶이 다시 시작되어야 합니다. 내 앞에 펼쳐진 풍경을 볼 수 있게 나를 도와주기를. 나는 산등성이를 넘어온 것에 절망하고 있습니다.

「넬리 드 보귀에에게 보내는 편지(1940.12.1.)」『바람과 모래와 별들』

49 내가 이곳에 어린 왕자의 모습을 그리려 하는 것은 그를 잊지 않기 위해서다. 친구를 잊는다는 것은 슬픈 일이니까.

『어린 왕자』

50 어느 날 저녁, 시인은 사막에 피운 모닥불 앞에서 자기 나무에 대한 이야기를 꺼냈다. 그 이야기를 듣고 있던 내 부하 대부분은 낙타풀과 키가 작은 종려나무, 가시덤불밖에 본 적이 없었다. 시인은 그들에게 말했다.

"아마 당신들은 나무가 무엇인지 잘 모를 것입니다. 나는 폐가에서 자라는 나무를 우연히 본 적 있습니다. 창문도 없는 빈집에서 나무는 빛을 향해 몸을 뻗었지요. 인간이 공기 속에 몸을 담그고, 잉어가 물속에서 헤엄쳐야 하듯이 나무도 빛 속에 잠겨야 합니다. 흙 속에 뿌리를 내리고 하늘을 향해 가지를 뻗는 나무는 별과 우리를 연결하는 길이기 때문입니다. 맹목적 존재로 태어난 그 나무는 밤에 근육의 힘으로 자신을 펼치고, 이쪽 벽에서 저쪽 벽으로 비틀거리면서 더듬더듬 나아갔습니다. 뒤틀린 몸에는 비극이 찍혀 있었지요. 그러다 태양을 향해 몸을 뻗으며 천창을 깨뜨리고, 기둥처럼 위로 반듯하게 치솟아 올랐습니다. 나는 한 발 뒤로 물러나 바라보는 역사가의 태도로 그 승리의 움직임을 지켜봤습니다.
나무는 관 속에서 몸이 뒤틀리는 노력으로 아름답게 포기하지 않고, 신이 멋지게 젖으로 물려준 하늘을 양식 삼아, 햇빛이 비치는 고요 안에서 테이블처럼 커다란 잎사귀를 펼치고 가지를 뻗어나가고 있던 것입니다. 그리고 나는 매일 새벽에 나무가 꼭대기부터 밑둥치까지 잠에서 깨어나는 것을 봤습니다. 모여드는 새들을 책임져야 하기 때문입니다. 나무는 새벽마다 생기를 얻고 노래하기 시작하다가 해가 붉게 뜨면 온화하고 늙은 목동처럼 비축해뒀던 것을 하늘에 내놓았습니다. 그리고 나의 집인 나무는, 나의 궁전인 나무는 저녁까지 텅 빈 채로 남아 있었지요……."

시인은 그렇게 이야기했고 우리는 우리 안에서 나무가 자라게 하려면 나무를 오래 바라봐야 한다는 것을 알게 됐다. 모두가 가슴속에 수많은 잎사귀와 새들을 지닌 시인을 부러워했다.

『성채』

51 탕자의 부재는 얼마나 달콤한가! 그것은 거짓 부재다. 그의 뒤에는 그가 살던 집이 남아 있으니까. 우리가 옆방에 있다가 없는 것과 지구 반대편에 있다가 없는 것 사이에 근본적인 차이는 없다. 그러나 실질적으로 눈앞에 있는 친구보다 떨어져 있는 친구의 존재가 더 크게 느껴질 수 있다.

『어느 인질에게 보내는 편지』

52 우리는 조금씩 유산을 잃어버렸다.

개개인을 통해 인간의 권리를 주장하는 대신에 우리는 공동체의 권리를 말하기 시작했다. 우리는 인간을 무시하는 공동의 윤리가 부지불식간에 도입되는 것을 목격했다. 이 윤리는 개인이 공동체에 희생해야 하는 이유를 분명히 설명할 것이다. 그것은 왜 공동체가 단 한 명의 개인을 위해 희생해야 하는지를 더 이상 꾸밈

없이 설명하지 않을 것이다. 부정의라는 감옥에서 단 한 사람을 구하기 위한 천 명의 죽음이 왜 당연한지 설명하지 않을 것이다. 우리는 아직 개인의 윤리를 기억하고 있지만, 조금씩 잊어버릴 것이다. 그러나 바로 우리를 집단과 선명하게 구별하는 이 원칙 안에 우리의 위대함이 있다.

『전시 조종사』

53 내가 속한 문명과 다른 문명은 나를 해하는 것이 아니라 오히려 나를 살찌운다. 단일성은 우리가 우리를 초월하여 모두 인간으로서 하나가 되는 것이다. 그러므로 저녁에 2-33 비행대에서 있었던 토론은 우리의 형제애를 해치는 게 아니라 더 돈독하게 해줬다. 누구도 자신의 목소리만을 들으려 하지 않았고, 거울 속의 자기 모습만을 바라보려 하지 않았기 때문이다.

인간 안에는 프랑스 사람도 있고, 노르웨이 사람도 있다. 인간은 모두를 하나로 묶는 동시에 서로의 존재를 부정하지 않고 각자의 고유한 관습을 찬양한다. 나무도 뿌리와는 다른 모습인 가지로 자신을 표현한다. 그렇기 때문에 사람들이 노르웨이에서 눈에 대해 쓴다면, 네덜란드에서 튤립을 재배한다면, 스페인에서 플라멩코를 춘다면, 우리는 모두 인간 안에서 풍요로워지는 것이다.

『전시 조종사』

54 평화는 성장하는 데 오랜 시간이 걸리는 나무다. 내가 가진 것보다 훨씬 더 많은 빛이 필요하다.

『성채』

55 하나의 문명은 밀과 같다. 밀은 인간을 먹이지만 인간도 역시 밀알을 저장하여 밀을 보존해야 한다. 밀알을 비축하는 행위는 밀을 먹는 이들에게 유산처럼 대대로 존중받아 왔다. 밀이 자라나려면 내가 어떤 밀을 원하는지 아는 것으로는 충분하지 않다. 내가 어떤 사람을—그가 가진 힘을—구제하려면 그가 가진 원칙도 함께 구해야 한다.

『전시 조종사』

56 이제 오랜 순렛길의 끝에 다다른 것 같다. 나는 아무것도 발견하지는 못했지만, 잠에서 깨어난 것처럼 그저 보이지 않던 것을 다시 보게 됐다.
내가 속한 문명은 개인을 통한 '인간' 숭배 사상에 입각하고 있다. 문명은 몇 세기 동안 돌무더기 속에서 돌들을 헤치고 대성당을 구별하는 법을 가르쳤던 것처럼 인간이 무엇인지 보여줄 방도를 연구했다. 문명은 개인을 지배하는 이 인간을 설파했다…….

왜냐하면 내가 속한 문명의 인간은 '인간들'에 의해 정의되지 않았기 때문이다. 인간에 의해 정의되는 것은 '인간들'이다. 모든 존재처럼 인간에게는 구성 물질만으로는 설명되지 않는 무언가가 있다. 대성당은 돌무더기와는 다르다. 대성당은 기하학이자 건축물이다. 그것을 정의하는 것이 돌이 아니라는 말이다. 오히려 성당은 그것이 가진 의미로 이 돌들을 풍요롭게 만든다. 성당을 이루는 돌이기에 이 돌들이 고귀해지는 것이다. 각기 다른 돌들이 하나를 이루고 있다. 성당에는 울려 퍼지는 찬송가부터 얼굴을 찌푸린 석상까지 포함되어 있다.

하지만 나는 조금씩 진실을 잊었다. 돌이 돌들의 단적인 모습을 나타내듯 인간이 인간들의 단적인 모습이라고 생각했던 것이다. 나는 대성당과 돌무더기를 착각했고 유산은 조금씩 사라져갔다.

인간을 다시 복원해야 한다. 인간이 내 문화의 정수이고, 내가 속한 공동체의 열쇠다. 인간이 내 승리의 원동력이다.

『전시 조종사』

57 내가 마르크스주의에서 증오하는 것은 바로 그것이 전체주의를 향하고 있다는 점입니다. 전체주의에서 인간은 생산자와 소비자로 정의됩니다. 본질적인 문

제는 분배일 뿐이고요. 전형적인 농가에서도 마찬가지입니다. 내가 나치즘에서 증오하는 것 역시 본질적으로 그것이 시도하려는 전체주의입니다. 사람들은 루르 지방의 노동자들을 반 고흐의 작품이나 세잔의 작품이나 오색찬란한 영화 앞에 정렬시킵니다. 그들은 당연히 영화에 찬성하지요. 바로 여기에 인민의 진실이 있습니다! 사람들은 집단 수용소에 세잔파와 반 고흐파, 모든 비전통주의자를 강제적으로 가둡니다. 그리고 영화 애호가들을 복종하는 짐승으로 키웁니다. 그러나 미국은 어디로 갈 것이며, 이 세계적인 기능주의 시대에 우리는 어디로 가고 있습니까? 인간 로봇, 인간 개미, '브도*'식으로 돌아가는 공장에서 노동을 하거나 블록 게임을 하며 이리저리 왔다 갔다 하는 인간들은 어떻게 되겠습니까? 모든 창조력이 거세된 인간, 이제는 도시에 틀어박혀 춤도 노래도 모르는 인간은 어떻게 되겠습니까? 암소에게 건초를 먹이듯 표준화된 문화 속에서 기성 문화를 먹고 사는 인간은 어떻게 되겠습니까? 이것이 바로 오늘날의 인간입니다.

「X장군에게 보내는 편지」『인생의 의미』

* Bedaux, 표준 작업 시간을 기준으로 발생하는 절약금의 75퍼센트를 근로자에게 돌려주는 성과급 제도.

58 신을 계승하는 나의 문명은 인간 안에서 인간을 평등하게 만들었다.
나는 인간 존중의 기원을 이해한다. 현자는 석탄 공급을 담당하는 선원도 존중해야 했다. 선원이 신의 대리인이었으므로. 어떤 이의 가치가 무엇이든, 누군가 하찮든 하찮지 않든 어떤 인간도 다른 이를 노예로 깎아내려서는 안 된다. 신의 대리인을 모욕해서는 안 되니까. 그러나 인간을 향한 존중이 개인의 하찮음이나 어리석음, 무지 앞에서 굴종하는 것으로 이어져서는 안 된다. 먼저 신의 대리인으로서 자질이 이행되어야 하니까. 그렇게 신의 사랑은 인간의 자질을 넘어 대리인과 대리인 사이의 일을 다루면서, 인간들 간에 고귀한 관계를 만든다.
신을 계승하는 나의 문명은 개개인을 통해 인간 존중의 기반을 닦았다.
나는 인간이 가진 형제애의 기원을 이해한다. 인간은 신 안에서 형제들이었다. 사람들은 누군가의 형제일 수밖에 없었다. 그들을 하나로 묶는 끈이 없었다면, 인간은 연결되지 않고 나란히 있기만 했을 것이다. 물론 우리가 느닷없이 형제가 되는 것은 아니다. 내 동료들과 나는 2-33 비행대 '안에서' 형제다. 프랑스인들은 프랑스 안에서 형제가 된다.
신을 계승하는 나의 문명은 인간 안에서 인간들을 형

제로 만들었다.
나는 개인에게 요구되는 깊은 겸손의 의미를 이해한다. 겸손은 개인을 굽히는 것이 아니라 높이는 것이다. 겸손은 개인이 신의 대리인이라는 것을 잘 드러나게 한다. 겸손은 타인을 통해 신을 존중해야 한다고 말하는 것처럼 자신을 존중해야 한다고, 스스로 신의 메신저가 되어야 하며, 그렇게 신을 향해 가야 한다고 말한다. 겸손은 성장하기 위해서는 자신을 잊으라고 한다. 개인이 자신만을 중요하다고 여기며 그 생각에 취하면 길이 곧 벽이 되기 때문이다.
신을 계승하는 나의 문명은 자신을 존중하라고 말했다. 즉 자신을 통해 인간을 존중하라는 뜻이다.
나는 이제 자유의 의미를 분명하게 알게 됐다. 자유란 씨앗이 영향을 미치는 범위 안에서 나무가 자유롭게 성장하는 것이다. 자유란 인간이 성장하는 기후다. 그것은 순풍과도 같다. 오직 바람 덕분에 돛단배는 자유롭게 바다로 간다.
이렇게 단단해진 인간은 나무의 힘을 갖는다. 어떤 땅이 그의 뿌리를 덮지 않겠는가? 태양 속에서 피어나기 위해 인간의 어떤 기질을 흡수하지 않겠는가?
『전시 조종사』

59 우리는 모두 모순적인 말로 같은 열정을 표현한다. 인

간의 존엄성이나 형제들의 양식 같은 것 말이다. 우리는 우리 논증의 결과물인 방식에 의해 구별된다. 그리고 우리는 같은 언약의 땅을 향해 서로 전쟁하기 위해 떠난다.

그것을 알아채기 위해서는 조금 떨어져 바라보는 것만으로도 충분하다. 그렇게 한다면 우리는 우리가 자기 자신과 전쟁 중임을 알 수 있을 것이다. 그래서 우리의 분열, 싸움, 욕설은 스스로에 대적해 위축되고, 분만의 피를 쏟으며 찢어지는 한 육체이다. 이 다양한 이미지를 극복하는 무언가가 탄생하겠지만, 우리는 합에 이르기 위해 서둘러야 한다. 죽음을 야기하지 않도록 서둘러 해방을 도와야 한다.

「평화 혹은 전쟁」『인생의 의미』

60 진정한 자비란 개인을 넘어 인간을 존중하면서, 인간성을 성장시키기 위해 개인이 싸워나갈 것을 요구한다.

『전시 조종사』

61 친애하는 이본느, 많은 것에 대해 감사드립니다. 그것이 무엇인지는 모르겠지만(중요한 것은 보이지 않으니까요), 당신에게 감사드리고 싶으니 분명 이유가 있는 것이겠죠.

그렇지만 감사라는 표현이 적절한지는 모르겠습니다.

사람이 정원에 감사하지는 않으니까요. 저는 항상 인간을 두 부류로 나눕니다. 정원형 인간과 안마당형 인간이지요. 안마당형 인간은 네 개의 벽으로 둘러싸인 안마당을 거닐며 당신을 숨 막히게 만듭니다. 우리는 그들과 시끄럽게 떠들며 대화할 수밖에 없어요. 안마당에서 침묵은 참기 힘든 것이지요.

그러나 정원은 달라요. 정원에서는 산책을 합니다. 우리는 구태여 말을 하지 않아도 되고 깊게 숨을 쉴 수도 있어요. 편안하지요. 기대치 않았던 행복이 그저 당신 앞에 있습니다. 아무것도 찾을 게 없습니다. 나비, 풍뎅이, 반딧불이가 나타나고요. 사람들은 반딧불이의 생태에 대해서는 아무것도 모릅니다. 그저 몽상에 잠기지요. 풍뎅이는 자기가 어디로 가는지를 알고 있는 것 같습니다. 그건 놀라운 일이에요. 우리는 여전히 몽상에 잠겨 있습니다. 그리고 나비가 커다란 꽃에 앉으면 사람들은 중얼거립니다. "나비에게는 저곳이 마치 바빌론 정원의 테라스에 앉아 있는 것과 같겠지. 흔들거리는 공중에 매달려 있는 정원 말이야……." 그러다가 별이 서너 개 나오면 가만히 입을 다물어요.

아니요, 저는 당신에게 전혀 감사하지 않습니다. 당신은 있는 그대로의 당신일 뿐이니까요. 다만 당신의 집에서 다시 한번 산책을 하고 싶습니다.

또 다른 생각을 해봤습니다. 도로형 인간과 오솔길형

인간이 있다고 말입니다. 도로형 인간은 저를 지루하게 합니다. 속도 표지판 사이의 마카담식 포장도로가 저를 지루하게 해요. 그들은 정확하게 정해진 곳, 이익이나 야망을 향해 갑니다. 오솔길을 따라 걸으면 속도 표지판 대신에 개암나무가 있고, 사람들은 개암을 와작와작 씹어 먹기 위해 어슬렁거리며 걸어 다닙니다. 특별한 이유 없이 그곳에 있는 것이지요. 표지판을 봐야 할 이유가 아무것도 없습니다.
이본느, 친애하는 이본느, 이 시대 사람들은 잘못된 길을 가고 있습니다. 전화 문명은 견딜 수가 없어요. 진정한 존재감은 우습게도 존재의 왜곡으로 대체되었습니다. 사람들은 여기서 저기로 초를 다퉈 옮겨 다니고, 라디오를 틀거나 버튼을 누르기만 하면 바흐의 음악부터 엉터리 소리까지 들을 수 있습니다. 사람들을 감싸는 것은 어디에도 없습니다. 난 이런 상황을 수용하는 인류가 싫습니다. 내가 서 있는 곳에서 나는 영원을 위해 존재합니다. 만일 내가 의자에 앉는다면 나는 그곳에서 영원히 머물 것입니다. 내가 의자에 앉는다면, 나는 5분이라는 영원을 차지할 자격이 있는 것이지요.

「프랑스와 드 로즈 부인에게 보내는 편지(1944)」『바람과 모래와 별들』

62 사랑을 해본 사람만이 사람답게 죽을 수 있다. 언어를

쓰지 않는다면 모순도 없다. 그렇게 열매와 뿌리는 나무라는 하나의 척도를 가지고 있다.

『성채』

63 당신은 삼나무를 알고 있다. 내가 "삼나무 한 그루"라고 말하면, 그 말 한마디로 당신 안에 그 거대한 나무를 옮겨놓는 것이다. 삼나무로 내가 당신을 깨웠으니까. 둥지와 가지와 뿌리, 잎사귀들로.

『성채』

64 마침내 우리가 만난 것이다. 우리는 오랫동안 나란히 걸었다. 저마다 침묵에 갇힌 채, 또는 아무 의미 없는 말들을 나누면서. 위기의 시간 앞에서 우리는 서로의 어깨에 기대며 같은 공동체에 속해 있다는 사실을 깨닫는다. 각자 다른 책임감을 발견하며 자신을 넓혀간다. 우리는 활짝 미소를 지으며 서로 바라본다. 우리는 감옥에서 풀려나 거대한 바다를 보며 감탄하는 죄수와 같다.

『인간의 대지』

65 쓰임새에 대해 가르치지 마십시오. 단지 대패질을 하는 사람이 성실과 자부심으로 일할 수 있도록, 인간의 창의력을 가르치십시오. 그렇다면 그는 대패질을 더

잘하게 될 것입니다.
존중을 가르치십시오. 빈정거림은 어리석은 짓이고, 사람의 얼굴을 망각하는 일입니다.
물질에 얽혀 있는 인간관계와 맞서 싸우십시오. 어린 아이에게 먼저 교류를 가르침으로써 마음속에 인간을 심어주십시오. 교류가 없다면 인간은 무감각한 존재일 뿐이니까요.
명상과 기도를 가르치십시오. 영혼이 그 안에서 넓어지기 때문입니다. 사랑을 연습하게 하세요. 무엇이 사랑을 대체할 수 있겠습니까? 그러나 자기애는 사랑의 반대말입니다.
완성하는 습관을 가르쳐주세요. 모든 작품은 신에게로 향하는 발걸음이지 죽음으로 끝나는 것이 아닙니다.
『성채』

66 대강의 줄거리를 통해 읽는 얼굴이 사랑인데, 써 내려갈 이야기가 없다면 어떻게 사랑을 쌓을 수 있겠는가? 돌에 대한 의식儀式 없이는 대성당도 없다.
사랑이란 관점에서 의식을 갖추지 않은 사랑은 존재하지 않는다. 나무는 뿌리, 줄기, 가지의 의식에 따라 흙을 천천히 반죽해야만 그 정수를 얻을 수 있다. 그래야만 온전한 하나의 나무가 된다. 다른 나무가 아닌 바로 그 나무 말이다.

『성채』

67 "중요한 건 눈에 보이지 않는 거야……."
"물론이지……."
"꽃도 마찬가지야. 아저씨가 어느 별에 있는 꽃 한 송이를 사랑한다면 밤에 하늘을 바라보는 일이 달콤할 거야. 모든 별이 꽃이 될 거야."
"그럼……."
"물도 마찬가지야. 아저씨가 내게 마시라고 준 물은 음악 같았어. 도르래와 밧줄 덕분에…… 기억나……. 그 물이 너무 달콤했잖아."
"그럼……."
"밤에는 하늘을 봐. 내 별은 너무 작아서 어디에 있는지 가리킬 수 없지만 그게 더 나은 것 같아. 아저씨에게 내 별은 수많은 별들 중에 어느 하나가 될 테니까……. 그러면 아저씨는 모든 별을 바라보는 것이 즐거울 거야……. 그 별들이 모두 아저씨의 친구가 될 거야. 그리고 말이야, 내가 아저씨한테 선물을 하나 하려고 해……."
어린 왕자가 다시 웃었다.
"아, 아이야! 난 너의 웃음소리가 좋아!"
"바로 그게 내 선물이야……. 물도 마찬가지고."
"무슨 말이니?"

"사람들은 모두 별을 바라보지만, 다 같은 별이 아니야. 여행하는 사람에게는 별이 길잡이가 되어주고, 어떤 사람에게는 그저 작은 불빛에 지나지 않지. 학자들에게 별은 문젯거리야. 내가 만났던 사업가에게 별은 금이었고. 그러나 별들은 아무 말도 하지 않지. 아저씨는 누구도 갖지 못한 별을 갖게 될 거야……."

"그게 무슨 뜻이야?"

"아저씨가 밤에 하늘을 바라볼 때면 내가 그 별들 중 하나에 살고 있을 테니까. 그 별들 중 하나에서 내가 웃고 있을 테니까. 그러면 아저씨에게는 모든 별이 웃고 있는 것 같을 거야. 아저씨는 웃을 줄 아는 별을 갖게 되는 거지……."

어린 왕자가 또 웃었다.

"그리고 슬픔이 지나고 나면(슬픔은 늘 지나가기 마련이니까) 아저씨는 나를 알게 된 것을 기뻐하게 될 거야. 아저씨는 언제나 나의 친구일 거고. 그래서 나와 함께 웃고 싶을 거야. 가끔은 그냥 창문을 열겠지……. 아저씨의 친구들은 아저씨가 하늘을 보면서 웃는 걸 보고 이상하게 여길 거야. 그때는 이렇게 말해줘. '그래, 나는 별을 보면 늘 웃음이 나와!' 친구들은 아저씨가 미쳤다고 생각하겠지. 내가 아저씨를 골탕 먹인 셈이 되겠네……."

그리고 어린 왕자는 또 웃었다.

"그렇게 되면 그건 마치 내가 아저씨에게 별 대신에 웃을 줄 아는 작은 방울들을 준 것이나 다름없을 거야……."

그리고 그는 또 웃다가 이내 다시 심각해졌다.

"오늘 밤에는…… 알겠지……. 오지 마."

"나는 너를 떠나지 않을 거야."

『어린 왕자』

68 사랑하는 어머니, 디디와 피에르, 사랑하는 모든 이들이여.

어떻게 지내십니까. 무엇을 생각하며, 어떻게 살아가고 있습니까? 이 긴 겨울은 너무도 슬픕니다.

그러나 몇 달 후면 당신들의 품 안에 안기기를 간절히 바라고 있습니다. 사랑하는 어머니, 나의 늙은 어머니, 나의 다정한 어머니, 당신의 난롯가에서 제가 생각하는 것을 이야기해드리고 싶습니다. 그리고 제 말을 들으시는 어머니의 말에 가능하면 반대하지 않고 대화를 나누겠습니다. 인생의 모든 것에서 당신은 늘 옳으셨으니까요.

어머니, 사랑합니다.

『내 어머니에게 보내는 편지』

69 이제 나는 알게 됐다. 사랑한다는 것은 알아보는 것이

고, 다른 것을 통해 읽은 그 얼굴을 감지하는 것이다. 사랑은 신에 대해 아는 것일 뿐이다.

『성채』

II

인생의 의미

1 인간은 언제나 첫걸음을 내디뎌야 한다. 존재하기 위해서는 그에 앞서 태어나야 한다.

『전시 조종사』

2 대지는 우리에 대해 모든 책보다 더 많은 것을 가르쳐준다. 그것은 대지가 우리에게 저항하기 때문이다. 인간은 장애물과 맞설 때 자기 자신을 발견한다. 그러나 그러기 위해서는 도구가 필요하다. 대패나 쟁기가 있어야 한다. 농부는 그의 밭에서 자연의 비밀 몇 개를 조금씩 캐내는데, 그가 캐낸 진실은 우주적이다.

『인간의 대지』

3 내가 밤새 너를 지켰던 멘도자Mendoza의 방에서 너는 마침내 가쁜 숨을 몰아쉬며 잠들었다. 나는 '사람들이 기요메에게 용기를 말한다면, 그는 그저 어깨를 으쓱하고 말 것이다. 그러나 사람들이 그의 겸손함을 칭찬한다고 하더라도 그것 또한 그를 제대로 알지 못하는 것이다. 그는 그런 보잘것없는 장점들을 뛰어넘은 사람이다. 그가 칭찬에 어깨를 으쓱했다면 그것은 그가 현명하기 때문이다. 그는 사람이 일단 어떤 사건에 휘말리면 더는 두려워하지 않게 된다는 것을 알고 있다. 오직 미지의 것만이 사람들을 두렵게 한다. 일단 맞닥뜨리고 나면, 그것은 더 이상 미지의 것이 아니다. 무엇

보다 명석하고 신중하게 관찰한다면 더 그러하다. 기요메의 용기는 그의 올바름의 결과다'라고 생각했다. 그러나 그의 진짜 장점은 거기에 있지 않다. 그의 위대함은 책임을 느낄 줄 아는 데 있다. 자신에 대한, 우편물에 대한, 희망을 품고 있는 동료들에 대한 책임감 말이다. 그의 손에 그들의 고통과 기쁨이 있다. 저기, 사람들이 사는 곳에서 새로운 것을 이룩하는 데 참여해야만 한다는 책임감. 자신이 해야 하는 일의 한도 내에서 인간의 운명에 대해 느끼는 약간의 책임감. 그는 넓은 지평선을 자신의 잎사귀로 덮어야 한다는 것을 받아들이는 대범한 존재에 속한다. 인간이 된다는 것은 정확히 책임을 지는 것이다. 자신이 어쩌지 못하는 비참함을 마주했을 때 부끄러움을 아는 것이다. 동료들의 승리를 자랑스럽게 여기는 것이다. 자신이 쥔 돌을 하나씩 쌓으며 세상을 만드는 데 기여하고 있음을 느끼는 것이다.

『인간의 대지』

4 어떤 상황도 우리가 전혀 짐작한 적 없었던 낯선 이를 깨우지는 않는다. 산다는 것, 그것은 천천히 태어나는 것이다. 다 완성된 영혼을 얻는다는 것은 지나치게 안일한 일 아닌가!

『전시 조종사』

5 봄을 창조하기 위해 새벽부터 정원으로 나가는 정원사들을 봐라. 그들은 암술이나 꽃부리에 대해 말하지 않는다. 그저 씨를 뿌릴 뿐이다.

『성채』

6 그것은 어쩌면 명확한 일일 것이다. 잔디밭 위에서 벌어지는 정원사의 싸움도 그렇다. 영원히 흙을 다지는 단순한 손, 그 손의 무게만으로도 대지에서 원시림이 다시 자라난다.

『야간 비행』

7 미래를 건설한다는 것은 곧 현재를 이룩하는 일이다. 오늘을 위한 희망을 창조하는 일이다. 내일을 향한 오늘의 소망. 현실의 행위가 내일을 위해서만 의미를 지니는 것은 아니다. 오늘을 사는 당신에게서 오장육부를 뜯어낸다면 그것은 죽음이다. 현재에 적응하는 일이자, 계속되는 현재인 인생은 언어가 파악할 수 없는 수많은 관계 위에 세워진다. 균형은 수만 개의 균형들로 이뤄진다. 당신이 추상적인 논거에 따라 그중 하나를 잘라내면, 거대한 코끼리도 혈관 하나가 잘렸을 때 죽을 수밖에 없는 것처럼 균형이 무너진다. 당신이 아무것도 바꾸지 않기를 원하는 것이 아니다. 당신은 모든 것을 바꿀 수 있으니까. 당신은 기복이 심한 땅에

도 삼나무를 심을 수 있다. 그러나 중요한 것은 당신이 삼나무를 세우는 것이 아니라 씨앗을 뿌려야 한다는 것이다. 매 순간 씨앗 그 자체가 혹은 씨앗에서 나오게 될 어떤 것이 현재 속에서 균형을 잡는다.

『성채』

8 "폭풍우, 안개, 눈보라가 때때로 자네를 힘들게 할 거야. 그럴 때면 자네 이전에 그것을 겪었던 사람들을 떠올려보게. 그리고 이렇게 말하는 거지. '다른 사람들이 해냈던 것이라면 우리도 언제든지 해낼 수 있다'고 말이야."

『인간의 대지』

9 "나는 수많은 징조로 끝을 예감했어. 이런 것이 그중 하나지. 나는 구두를 조금 더 찢고, 부은 발을 흰 눈으로 문질러 부기를 가라앉히고, 그저 심장이 쉴 수 있도록 두 시간에 한 번씩은 멈춰야 했어. 그렇지만 마지막에는 기억을 잃고 말았지. 정신을 차리기 시작했을 때는 이미 떠난 지 한참 후였어. 나는 매번 뭔가를 잃어버렸어. 처음에는 장갑이었지. 그 추위에서 그건 심각한 일이었다고! 내 앞에 장갑을 벗어놓았는데 그 자리에 두고 다시 길을 떠났던 거야. 다음에는 시계였네. 그러고는 칼이었고, 그다음은 나침반. 걸음을 멈출

때마다 나는 가난해졌지…….
그렇지만 나를 살린 건, 한 걸음을 내딛는 것이었어.
다시 한 걸음을, 항상 그 똑같은 한 걸음을 다시 시작하는 것 말이야."

『인간의 대지』

10 어린 왕자의 별에도 다른 모든 별과 마찬가지로 좋은 풀과 나쁜 풀이 있었다. 그러니 좋은 풀의 씨와 나쁜 풀의 씨가 있었던 것이다. 그러나 씨는 눈에 보이지 않는다. 그중 하나가 땅속 비밀스러운 곳에서 잠을 자다 문득 잠에서 깨어나고 싶다는 생각이 들 때까지 말이다. 그 씨앗은 기지개를 켜고 태양을 향해 작고 예쁘고 무해한 새싹을 수줍게 내민다. 그것이 작은 무나 장미의 싹이라면 얼마든지 마음껏 자라도록 내버려 둬도 된다. 하지만 나쁜 식물의 싹이라면 눈에 띄는 즉시 뽑아버려야 한다. 그런데 어린 왕자의 별에도 그런 끔찍한 씨앗이 있었으니…… 그것은 바로 바오바브나무의 씨앗이었다. 그 씨앗은 별 곳곳에 퍼져 있었다. 바오바브나무는 너무 늦게 손을 쓰면 절대 없앨 수 없다. 그 나무는 별 전체를 다 차지하는 것도 모자라 뿌리로 구멍을 뚫어버리니까. 작은 별에 바오바브나무가 너무 많아지면 그 별은 터져버리고 마는 것이다.
나중에 어린 왕자는 내게 이렇게 말했다.

"그건 생활 습관의 문제야. 아침에 세수를 하고 나면 별도 몸단장을 시켜줘야 해. 바오바브나무가 어릴 때는 장미와 비슷하지만 장미와 구별될 정도로 자라면 규칙적으로 뽑아줘야 해. 그건 정말 귀찮은 일이지만 매우 쉬운 일이기도 하지."

『어린 왕자』

11 나는 어느 부부의 맞은편에 앉았다. 남자와 여자 사이에는 간신히 자리를 잡고 잠든 아이가 있었다. 아이가 잠결에 돌아눕자 희미한 전등 불빛 아래로 아이의 얼굴이 보였다. 아, 얼마나 사랑스러운 얼굴인가! 그 부부 사이에서 황금빛 열매 같은 아이가 태어났다. 무거운 누더기를 걸친 이들에게서 매력적이고 우아한 아이가 탄생한 것이다. 나는 아이의 매끄러운 이마 위로, 사랑스럽게 내민 입술 위로 몸을 기울이며 생각했다. '이것이 바로 음악가의 얼굴이구나, 어린 모차르트구나, 생의 아름다운 약속이구나!' 아기는 전설의 어린 왕자들과 다를 바 없었다. 둘러싸여 보호받고, 교육을 받는다면 왕자가 되지 못하리라는 법이 없지 않겠는가. 정원에 새로운 돌연변이 장미가 피면 모든 정원사들은 감동한다. 장미를 따로 분리해 가꾸고 아낀다. 그러나 인간에게는 그런 정원사가 없다. 어린 모차르트는 기계로 찍어낸 것처럼 다른 이들과 똑같은 사람이

될 것이다. 모차르트는 싸구려 음악 카페에서 타락한 음악을 연주하는 일을 가장 큰 기쁨으로 삼게 될 것이다. 모차르트는 그런 형을 받은 것이다.
나는 다시 객실로 돌아와 생각했다. 저들은 자신들의 운명에 고통받지 않는다. 나를 힘들게 하는 것은 자비심이 아니다. 영원히 벌어져 있을 상처를 애처롭게 여기는 것도 아니다. 상처를 지니는 사람들은 그것을 느끼지 못한다. 여기서 상처받은 것은 개인이 아니라 인류다. 나는 동정을 믿지 않는다. 나를 괴롭게 하는 것은 정원사의 관점이다. 나를 괴롭게 하는 것은 사람들이 게으름만큼 편안하게 안착한 빈곤이 아니다. 동방의 여러 세대는 더러운 환경에서도 만족하며 산다. 나를 괴롭게 하는 것은 사람들을 치료하지 못하는 서민들의 수프다. 나를 괴롭게 하는 것은 움푹 파인 곳도, 혹도, 추함도 아니다. 나를 괴롭게 하는 것은 사람들마다 조금씩 품고 있는 살해당한 모차르트다.

『인간의 대지』

12 오렌지나무를 심기 위해 비료를 뿌리고 퇴비를 쓰고 괭이질로 땅을 파서 뒤집고 주변 큰 나무의 가지들을 쳐준다. 꽃을 피울 가능성이 있는 나무는 위로 자란다. 정원사인 나는 꽃이니 행복이니 하는 생각은 하지 않고 흙을 뒤엎는다. 꽃이 핀 나무가 되려면 먼저 나무

가 되어야 하니까. 행복한 인간이 되려면 일단 인간이 되어야 하니까.

『성채』

13 두려움은 진정한 정체성을 상실했을 때 생겨난다. 만일 내가 나의 행복과 좌절을 결정하는 메시지를 기다리기만 한다면, 나는 무의미 속에 버려진 것과 다름없다. 불확실한 무언가가 나를 이도 저도 할 수 없게 붙들어 둔다면 내 감정과 행동은 그저 거짓 임시방편에 불과하다. 매초 나무를 자라나게 하는 시간은 내 안의 진정한 인격을 형성하기를 멈춰버린다. 내가 모르는 이 자아는 밖에서 나를 향해 유령처럼 걸어온다. 그러면 나는 두려운 감정을 느낀다. 나쁜 소식은 두려움을 넘어 고통까지 일으키고, 그것은 두려움과는 또 다르다.

그러나 이제는 시간이 공허하게 흐르지 않는다. 나는 마침내 내가 있어야 할 곳에 자리를 잡는다. 나는 더 이상 알 수 없는 미래에 나를 내던지지 않는다. 더 이상 불기둥의 소용돌이로 빨려 들어가는 내가 아니다. 더 이상 미래는 이상한 모습으로 나타나서 나를 사로잡지 않는다. 이제 나의 행동 하나하나가 내 미래를 이룰 것이다.

『전시 조종사』

14 몸에 대해서 몇 마디 하자면, 우리는 매일을 살며 명백한 것을 보지 못한다. 자명한 사실이 드러나려면 위급한 상황이 필요하다. 거꾸로 치솟아 오르는 장대비 같은 섬광이 있어야 하고, 쏟아지는 습격이 있어야 하며, 마침내 최후의 심판을 위해 법정에 세워져야 한다. 그러면 우리는 그 명백함을 이해하게 된다.

『전시 조종사』

15 인간에게 있어서 진실이란 바로 그 사람을 구성하는 것이다.

「평화 혹은 전쟁」『인생의 의미』

16 진실을 아는 것은 어쩌면 침묵 속에서 그것을 바라보는 것이리라. 진실을 아는 것, 그것은 마침내 영원히 침묵할 권리를 갖게 되는 것이리라. 나는 나무는 진실하다고 말하곤 한다. 나무는 나무의 부위들과 어떤 관계를 맺고 있다. 그리고 숲, 숲은 나무들과 어떤 관계를 맺고 있다. 영지는 나무들과 평야들과 그 구역의 다른 물질들과 관계를 맺는다. 왕국은 영지와 도시와 왕국을 이루는 물질들과 관계를 맺고 있으며, 신은 왕국들, 세상에 있는 모든 것들과 하나의 완전한 관계를 맺고 있다. 신은 나무만큼 진실하지만, 읽기 어려운 존재다.

『성채』

17 별을 따라 산을 넘는 여행자가 산을 오르는 것에만 온 힘을 다하다 보면 어떤 별이 그를 안내해주고 있는지 잊을 수 있다. 그가 행위를 위해서만 살아간다면 어디에도 갈 수 없을 것이다. 대성당에서 의자를 빌려주는 사람이 의자 빌려주는 것에만 너무 악착같이 몰두한다면, 신을 섬기고 있다는 사실을 잊을 수도 있다. 나 역시 편파적인 정당에 나를 가둔다면, 정치가 정신적으로 자명한 것들을 위해서 쓰일 때 의미가 있다는 것을 잊을 수도 있다. 우리는 기적의 순간에 인간관계의 어떤 특성들을 맛봤다. 그러니 우리를 위한 진실은 바로 그곳에 있는 것이다.

『어느 인질에게 보내는 편지』

18 그러므로 인간의 내면에 있는 위대한 것이 항상 깨어 있도록 해야 하며, 그 위대함을 자신만의 고귀함으로 바꿔야 한다.

『성채』

19 가장 중요한 것은 목표에 이르는 것이라고 믿으면서 인간의 행복을 욕망을 충족하는 데서 찾는 사람들은 얼마나 미친 것인가? 마치 자기 자신은 목표가 될 수

없다는 듯이 말이다.

『성채』

20 우리는 모든 것을 가르치면서 사고하는 법만은 가르치지 않습니다. 글 쓰는 법, 노래하는 법, 말을 잘하는 법, 감동하는 법을 배우면서도 절대 사고하는 법은 배우지 않습니다. 우리는 단어를 따라 움직이지만 단어는 감정까지도 속일 수 있습니다. 저는 그런 이론적인 모습이 아니라 인간적인 모습을 보고 싶습니다.
저는 사람들이 말을 하거나 글을 쓸 때 억지로 결론에 도달하기 위해 모든 사고를 포기하는 것에 주목했습니다. 그들은 마치 단어를 진실을 뽑아내는 계산기처럼 사용하고 있지요. 어리석은 일입니다. 논증하는 법이 아니라 논증하지 않는 법을 배워야 합니다. 무언가를 이해하기 위해 꼭 말을 이어나가야 할 필요는 없습니다. 그렇게 하면 우리가 믿는 그 말이 모든 것을 왜곡합니다.

『내 어머니에게 보내는 편지』

21 어른들은 내게 속이 보이건 안 보이건 보아뱀 그림은 집어치우고 차라리 지리, 역사, 산수, 문법을 열심히 공부해보라고 충고해줬다. 그렇게 나는 여섯 살에 멋진 화가가 되는 꿈을 버리고 말았다. 내 그림 1호와 2호의

실패로 낙담했던 것이다. 어른들은 절대 혼자서는 아무것도 이해하지 못한다. 그러니 어린이로서는 피곤한 일이다, 매번 설명하고 또 설명해야 하니…….

『어린 왕자』

22 리네트, 당신도 알겠지만 사람들은 오직 끊임없는 훈련을 통해서만 올바른 사고를 할 수 있으며, 그것은 인간이 가진 가장 고귀한 능력입니다. 아시다시피 사람들은 그들의 기억력이나 지식, 말재주를 향상시키려고 하지만 지성의 함양을 위해 노력하진 않습니다. 올바르게 추리하려고 노력하지만 올바르게 사고하려고 노력하진 않아요. 그들이 잘못 알고 있는 것이지요.

『젊은이의 편지』

23 인간을 존중하는 것! 인간을 존중하는 것……! 거기에 시금석이 있다! 나치주의자가 자신과 비슷한 사람들만을 존중할 때 그는 자기 자신 외에 아무도 존중하지 않는 것이다. 그는 창조적인 반론을 거부하고, 커져가는 희망을 짓밟으며, 사람 대신에 개미 떼들을 위한 천 년짜리 로봇을 만든다. 질서를 위한 질서는 인간으로부터 세계와 자기 자신을 변화시킬 수 있는 근본적인 힘을 앗아간다. 삶은 질서를 만들지만 질서는 삶을 만들지 못한다.

『어느 인질에게 보내는 편지』

24 인간에게 중요한 것은 사물이 아니라 그것이 지닌 의미뿐이다.

『성채』

25 네가 인간을 나무처럼 수명의 길이로, 그것들의 차이점으로 분류하려고 한다면, 너는 인간에 대해 아무것도 모르는 것이다. 나무는 씨앗도 아니고 가지도 아니며, 잘 휘어지는 기둥도 말라 죽은 장작도 아니다. 나무가 무엇인지 알기 위해서는 그것을 분류하면 안 된다. 나무는 천천히 하늘을 향해 뻗어나가는 힘이다.
나의 아들아, 신이 너를 태어나게 했고, 자라게 하며, 네 안에 점차 욕망과 후회, 기쁨과 고통, 분노와 용서를 심어 넣으시고, 너를 당신에게로 다시 불러들이신다. 너는 학생도 아니고, 남편도 아니며, 아이도, 노인도 아니다. 너는 신이 당신의 뜻을 이루는 존재일 뿐이다. 그러니 네가 올리브나무에 매달려 흔들리는 나뭇가지임을 알게 된다면, 너의 움직임 안에서 영원을 맛볼 수 있을 것이다. 너를 둘러싼 모든 것이 영원할 것이다. 네 아버지의 목을 축여주던 노래하는 샘, 네가 사랑하는 이에게 미소 지을 때의 영롱한 눈빛, 밤의 서늘함도 영원할 것이다. 이제 세월은 모래로 시간을 맞추는 모래시계가 아니라 곡식 다발을 묶는 농부가 된다.

『성채』

26 오만함은 자신들이 가진 힘에 대한 착각에서 비롯된 것이다.

『인간의 대지』

27 타인의 몸짓에 따라 살고, 카멜레온처럼 모습을 바꾸며, 선물이 나오는 곳을 좋아하고 환호에 맛을 들린, 군중의 거울에 비춰 자신을 판단하는 모든 사람을 나는 속물이라 일컫는다. 사람들이 그들의 진짜 모습을 발견하지 못하기 때문에 그들은 존재하지 않는다. 그들은 보물을 감추고 후대에 암호를 알려주지 않은 채, 보물을 만져보지도 못한 자녀들이 그것을 믿도록 내버려 둔, 문을 닫아버린 성채와 같다. 그들은 버섯처럼 세계 곳곳에서 자란다.

『성채』

28 나는 오랫동안 평화의 의미를 생각해봤다. 평화는 오직 탄생하는 아이들로부터, 추수된 곡식, 잘 정돈된 집으로부터 나오는 것이다. 평화는 완성된 것들이 제자리를 찾아 돌아가는 영원으로부터 나온다. 곡식으로 가득 찬 창고에서 얻는 평화, 잠자는 양 떼들, 말끔하

게 개켜놓은 빨래에서 오는 평화, 단 하나뿐인 완벽함에서 느끼는 평화, 신이 주신 선물이 되는 평화, 잘 해낸 것에서 느끼는 평화 말이다.
왜냐하면 나는 인간이 성채와 닮은 것 같다고 느끼기 때문이다. 인간은 자유를 보장받기 위해 벽을 부수지만, 그것은 별이 보이는 무너진 요새일 뿐이다. 그리고 그렇게 되면 근거 없는 불안이 찾아오기 시작한다. 인간은 철책을 휘감는 포도나무의 향기로 또는 털을 깎는 양들로 자신만의 진실을 만들어야 한다. 진실이란 우물처럼 깊이 파는 것이다. 시선이 흩어지면 신의 뜻을 놓치고 만다.

『성채』

29 밤의 모닥불 가까이 누워 빛나는 과일을 보며 사람들은 오렌지가 무엇인지 모른다고 말한다. 인간은 죽음을 피할 수 없지만 그렇다고 그 불변성이 내 기쁨을 빼앗아 가지는 않으며, 내가 손에 쥐고 있는 이 오렌지 반쪽이야말로 삶에 가장 큰 기쁨을 안겨준다고 생각한다. 나는 등을 대고 누워 오렌지를 빨아 먹으며 별똥별을 센다. 자, 나는 잠시 무한한 행복을 누린다. 그리고 우리가 질서를 지키며 살고 있는 세상은 우리가 그곳에 자신을 가두지 않으면 가늠할 수 없다고 생각한다. 나는 오늘에서야 사형수의 담배와 럼주를 이

해한다. 예전에는 사형수가 그 초라한 것들을 받아들이는 마음을 이해하지 못했었다. 그러나 그는 그런 것에서 커다란 기쁨을 얻는 것이다. 그가 미소를 짓는다면 사람들은 그를 용감한 사람이라고 상상하겠지만, 그가 웃는 것은 럼주를 마실 수 있기 때문이다. 사람들은 그가 삶을 바라보는 관점을 바꿨으며 마지막 순간에 인간적인 삶을 살았다는 것을 알지 못한다.

『인간의 대지』

30 "사람들은 특급열차에 서둘러 올라타지만 정작 자신이 무엇을 찾고 있는지는 몰라. 그래서 그들은 분주히 움직이며 제자리를 빙빙 돌지."

어린 왕자가 말했다.

그리고 그는 이렇게 덧붙였다.

"그럴 필요 없는데……."

『어린 왕자』

31 인생이 무엇인지 아는 우리는 숫자 따위는 비웃어버린다!

『어린 왕자』

32 정신이란 그것이 소유하고 있는 것만을 욕망한다. 찾아낸다는 것은 보는 것이다. 내게 아직 아무런 의미가

없는 것을 어떻게 찾아낸단 말인가? 내가 말했지만 사랑에 대한 후회도 사랑이다. 어느 누구도 자신이 생각하지 못하는 것을 욕망하며 괴로워하지 않는다. 그러나 아직 의미를 알지 못하는 것들에 미련을 버리지 못하고 있다. 그게 아니라면 내가 왜 생각할 수도 없는 진실을 향해 걸어가겠는가? 그렇지 않다면 어째서 내가 생각해낼 수 없는 진실을 향해 걸어가겠는가? 나는 알 수 없는 우물로 직진하는 길을 선택했지만 돌아가는 길이었던 듯하다. 태양에 눈먼 애벌레들처럼 내 구조 안에도 그런 본능이 있었던 것이다.

『성채』

33 불안을 치유하기 위해서는 불안을 명백히 밝혀야 한다. 우리는 분명 불안 속에 살아가고 있다. 우리는 평화를 구하기로 선택했다. 그러나 평화를 구한다는 명목으로 친구들을 제거했다. 분명 우리 중에 많은 이들이 우정을 위해 목숨을 걸어야 했을 것이다. 그들은 일종의 수치를 안고 있다. 그러나 만약 그들이 평화를 희생시켰다면 역시 같은 수치심을 느꼈을 것이다. 만약 그랬다면 사람을 희생시켜야 했을 테니까. 그들은 유럽의 도서관과 성당, 실험실이 회복될 수 없을 만큼 파괴되는 것을 수락했을 것이다. 그들은 전통이 파괴되는 것을 감내했을 것이며, 세계가 잿더미가 되는 것을

받아들여야 했을 것이다. 그렇기 때문에 우리는 이쪽과 저쪽 의견 사이에서 망설였다. 평화가 우리를 위협하는 것만 같을 때, 우리는 전쟁이 주는 수치심을 알게 될 것이다. 전쟁이 목숨을 부지할 수 있게 해줬다고 여겨질 때, 우리는 평화에 대해 다시 수치스러움을 느낄 것이다.

우리는 우리 자신에 대한 이런 혐오를 그냥 내버려 둬서는 안 된다. 어떤 결심도 우리로 하여금 자신에 대한 혐오를 용서하도록 해주지 않을 것이다. 우리는 혐오의 의미를 다시 생각해야 한다. 인간이 너무 심각한 모순과 부딪치게 된다면 그것은 문제를 잘못 제기한 것이다. 물리학자가 지구가 회전하면서 빛이 사라지는 에테르가 나온다는 사실을 발견할 때, 그리고 동시에 그 에테르가 움직이지 않는다는 사실을 발견할 때, 그는 과학을 포기하는 대신 언어를 바꿔 에테르를 포기한다.

이 불안이 어디에서 왔는지 알기 위해서는 반드시 일어난 사건들을 철저히 파악해야 한다. 몇 시간 동안이라도 수데트*는 잊자. 너무 가까이 보면 보이지 않는 법이니까.

우리는 전쟁을 거부하면서도 또 동시에 받아들이고

* Sudetes, 체코 수데텐 지역에 사는 독일인들을 가리킴.

있기 때문에 전쟁에 대해서 조금은 고심해볼 필요가 있다.

「평화 또는 전쟁」『인생의 의미』

34 나는 아무것도 후회하지 않는다. 나는 내기를 걸었고, 내기에서 졌다. 그것은 내 직업에서 일어날 수 있는 일이다. 그러나 어쨌든 바닷바람을 들이마신다.
한 번이라도 바닷바람을 맛본 사람은 그 맛을 잊을 수 없다. 그렇지 않은가, 동료들이여. 위험하게 사는 것을 말하는 게 아니다. 그런 말은 거만하다. 나는 투우사들을 좋아하지 않는다. 내가 좋아하는 것은 위험이 아니다. 나는 내가 좋아하는 것이 무엇인지 알고 있다.
그것은 바로 삶이다.

『인간의 대지』

35 가장 훌륭하게 지은 성당도 그 전체를 관찰하는 사람이 없다면, 고독을 맛보지 않고 명상 안에서 의미를 찾지 못한다면, 성당은 돌무더기나 다름없다. 나의 지혜나 감각의 지각, 기억도 마찬가지다. 나는 곡식 다발이 아니라 이삭의 총합이다.

『성채』

36 기다림을 모르는 사람은 어떤 시도 이해할 수 없다.

그들은 욕망을 바로잡고, 꽃에 옷을 입히며, 열매를 맺게 하는 데 시간을 들일 줄 모르기 때문이다. 그들은 사물에서 쾌락을 얻으려 하고, 비켜나간 길로 절대 벗어나려 하지 않는다. 나는 길을 가고, 또 가고, 또 나아간다. 그래서 내가 정원에 들어가면 그곳은 내게 향기의 고향이 되고, 나는 벤치에 앉아서 정원을 바라본다. 나뭇잎이 떨어지고 꽃이 시든다. 모든 것이 죽고 재구성되고 있음을 느낀다. 나는 전혀 슬프지 않다. 높은 파도를 대하는 것처럼 조심할 뿐이다. 참는 것이 아니다. 목표를 향하는 것이 아니라 걷는 기쁨을 즐기는 것이니까. 나와 내 정원, 우리는 꽃에서 열매까지 간다. 그러나 그것이 전부가 아니라 열매를 통해 씨앗에 이르고자 한다. 씨앗을 통해서 내년에 피게 될 꽃을 향해 간다.

『성채』

37 내가 늘 말했듯이 미래를 세운다는 것은 무엇보다 현재를 우선적으로 생각하는 것이다. 마찬가지로 배를 만드는 것은 우선 바다로 향하는 길을 만드는 것이다.

『성채』

38 진실은 스스로 모습을 드러내지 않는다. 다른 땅이 아닌 이곳에 오렌지나무가 단단하게 뿌리를 내리고 열

매를 풍성하게 맺었다면 여기가 바로 오렌지나무의 진리이다. 이 종교가, 이 문화가, 이 가치가, 다른 것이 아닌 이 활동이 인간에게 더 충만함을 준다면, 그의 안에 그가 몰랐던 위대한 영주를 해방시켜 준다면, 그 가치와 문화와 활동이 그에게 진리인 것이다.

『인간의 대지』

39 논리적인 언어란 없다. 언어는 논리적 관계로 이뤄지지 않았기 때문이다. 나무는 흙에서 얻는 무기질의 양분이 아닌 씨앗으로부터 나온다.
단어로 설명할 수 없지만 의미 있는 유일한 방식은 당신이 신으로부터 그에게서 받은 물건들로 의미와 색깔과 몸짓을 옮겨가는 것이다. 왜냐하면 왕국은 비밀스러운 힘으로 당신에게 나무와 산과 강과 가축과 골짜기, 그리고 왕국의 집들을 맡기기 때문이다. 조각가의 열정은 점토나 대리석에 비밀스러운 힘을 실어주고, 대성당은 돌에 의미를 불어넣어 침묵의 저장고를 만든다. 그리고 나무는 무기질의 양분을 끌어모아 그 양분을 빛 속에 반짝이게 한다.
나는 새로 세워야 할 왕국에 대해 말하는 두 부류의 사람을 알고 있다. 하나는 지성으로 왕국을 세우려는 논리학자인데, 나는 그의 행위를 유토피아라고 부른다. 그의 내면에는 아무것도 없기 때문에 그는 무엇도 탄생시키지 못할 것이다. 조각가가 빚은 창백한 얼굴처럼 말이다. 창조자가 지성적일 수는 있지만, 창작은 지성으로 이뤄지는 것이 아니다. 그래서 지성만 있는 사람은 빈곤한 폭군이 될 수밖에 없는 것이다.
또 다른 사람은 이름을 붙일 수 없는 강력하고 명백한 사실로 움직인다. 그는 지성이 없는 목동이나 목수일지도 모른다. 창작은 지성으로 하는 것이 아니니까. 그는 무엇을 만들지 잘 모르면서 진흙을 반죽한다. 그는 반죽에 만족하지 못하고 왼쪽을 엄지손가락으로 누른다. 그리고 다시 아래쪽을 엄지손가락으로 누른다. 그가 만든 얼굴은 그의 가슴속에 이름 붙일 수 없는 묵직한 무언가를 만족시킨다. 그 얼굴은 점점 얼굴이 아닌 무언가를 닮아간다. 사실 나는 여기서 '닮았다'는 말이 무엇을 의미하는지도 잘 모르겠다. 자, 이제 표현하기 어렵지만 무언가를 닮은 이 반죽된 얼굴이 조각가를 움직이게 한 것을 당신 안에 가져다줄 수 있다. 그리고 당신은 조각가가 그랬듯이 그 얼굴에 매이게 된다.
그것은 지성이 아니라 영혼으로 행동했기 때문이다. 그런 이유로 내가 당신에게 세상을 이끌어가는 것은 지성이 아니라 정신이라고 말하는 것이다.

『성채』

40 내가 사랑했던 이들이여, 안녕. 인간의 육체가 물 없이 사흘을 못 버티는 것은 내 잘못이 아니다. 나는 내가 이토록 샘의 포로가 될 줄은 몰랐다. 나 역시 이토록 오래 버티지 못할 줄은 몰랐다. 우리는 인간이 자신 앞에 펼쳐진 길을 따라 곧장 갈 수 있다고, 인간이 자유롭다고 믿지만……. 마치 대지의 배꼽에 연결된 탯줄이 있는 것처럼 인간을 우물에 묶고 또 묶어둔 밧줄을 보지 못한 것이다. 거기서 한 발짝만 더 가면, 인간은 죽는다.

당신의 고통을 제외하면 아무것도 후회하지 않는다. 이래저래 나는 제일 좋은 몫을 가졌다. 만약 돌아갈 수 있다면 다시 시작하리라. 나는 살아야만 한다. 도시에는 더 이상 인간다운 삶이라고 할 만한 게 없다.

비행을 말하는 것이 아니다. 비행기는 목적이 아니라 수단이니까. 비행기 때문에 목숨을 거는 것이 아니다. 농부가 쟁기 때문에 땅을 파는 것이 아니듯. 그러나 비행기를 타고 도시와 도시의 회계사들을 떠나면 시골의 진실을 발견하게 된다.

그때 우리는 인간의 일을 하면서 인간의 고민을 알게 된다. 우리는 바람과 별과 밤과 모래와 바다를 만난다. 자연의 힘으로 잔꾀를 부린다. 정원사가 봄을 기다리는 것처럼 새벽을 기다린다. 약속의 땅을 기다리듯 기항지를 기다리고, 별을 헤아리며 진실을 찾는다.

나는 불평하지 않을 것이다. 사흘 전부터 걸었고, 목이 말랐고, 모래 사이에서 길을 찾았으며, 내 희망으로 이슬을 만들었다. 나는 지상의 어느 곳에 살고 있는지 잊어버린 나의 동족들을 찾아 헤맸다. 그리고 그것이야말로 살아 있는 자의 고민이라고 믿는다. 나는 그것이 저녁에 뮤직홀을 고르는 것보다 더 중요하다고 판단하지 않을 수 없다.

『인간의 대지』

41 "삶에는 해결책이 없네. 나아가는 힘만 있을 뿐이야. 그 힘을 만들어내야 해결책이 뒤따라오는 것이지."

『야간 비행』

42 그에게 아무도 묻지 않았던 근원적인 질문이 찾아왔다. "당신은 누구였는가? 당신 안에 나타난 이는 누구인가?" 모두가 묻길 원했던 그 질문들에 그는 이렇게 대답할 수밖에 없었다.
"나는 나 자신입니다……."

『전시 조종사』

43 살아 있는 것은 살기 위해 모든 것을 뒤흔들며, 살기 위해 자신만의 법칙을 창조한다.
그것은 거부할 수 없는 일이다.

『야간 비행』

44 우리는 해방되길 원한다. 곡괭이질을 하는 사람은 자신의 곡괭이질에서 하나의 의미를 알고 싶어 한다. 도형수의 곡괭이질은 개척자를 위대하게 보이게 하는 곡괭이질과 다르다. 도형장은 곡괭이질을 하는 장소가 아니다. 그곳은 물리적인 공포를 느끼게 하는 장소에 지나지 않는다. 도형장은 아무 의미 없는 곡괭이질을 하는 곳, 인류 공동체를 위해 곡괭이질하는 사람과 연결되지 않는 곳에 있다.
그래서 우리는 도형장에서 탈출하길 원하는 것이다.
『인간의 대지』

45 너를 괴롭히는 것은 너의 본질이다. 너의 잘못은 구별하는 것에 있다. 네가 거부할 수 있는 것은 아무것도 없다. 너는 여기서 괴롭다. 그러나 그것은 너 자신에 대한 괴로움이다.
『성채』

46 어린 왕자는 가로등 켜는 사람을 바라봤다. 어린 왕자는 명령에 충실한 그가 좋았다. 어린 왕자는 예전에 자신이 의자를 들고 뒤로 물러나면서 해가 지는 풍경을 보고 싶어 했던 것을 떠올렸다. 그는 친구를 도와

주고 싶었다.
"그거 알아요……, 당신이 원하는 대로 쉴 방법이 있어요."
"나는 정말 쉬고 싶어."
가로등 켜는 사람이 말했다.
"명령에 충실하면서도 게으름을 피울 수 있거든요."
어린 왕자는 말을 이어갔다.
"당신의 별은 너무 작아서 성큼성큼 세 걸음만 걸으면 다 돌 수 있어요. 그러니까 천천히 걷기만 하면 해가 계속 떠 있을 수 있는 거죠. 쉬고 싶을 때는 걸어봐요……. 그러면 당신이 원하는 만큼 낮이 계속 이어질 테니까요."

『어린 왕자』

47 나는 겸손의 의미를 깨닫는다. 겸손이란 자신을 스스로 비방하지 않는 것이다. 그것은 행동의 원칙이기도 하다. 자기 죄를 스스로 사하기 위해 자신의 불행을 숙명의 탓으로 돌리는 것은 숙명에 굴복하는 것이다. 배신의 탓으로 돌린다면 배신에 굴복하는 것이다. 그러나 실패에 대한 책임을 스스로 진다면, 그것은 인간의 권리를 주장하는 것이다. 나는 내가 어떤 사람인지 믿는 것에 따라 행동할 수 있다. 나는 인간 공동체를 구성하는 일원이다.

『전시 조종사』

48 한 아이가 지친 엄마의 젖을 빨고 있었다. 여행의 부조리와 혼란 속에서도 생명이 숨 쉬고 있었다. 나는 아이의 아버지를 바라봤다. 그의 머리는 돌처럼 무거워 보였고, 모자를 쓰고 있지 않았다.
그의 육체는 불편한 자세로 잠을 자고 있었고, 구겨지고 해진 작업복은 몸에 꽉 끼는 듯했다. 그들은 마치 진흙을 뭉쳐놓은 것 같았다. 밤이 지나가는 동안 볼품없는 인생의 패잔병들은 객실 벤치 위에 널브러져 있었고, 나는 그 모습을 보며 이런 생각을 했다.
'문제는 이 비참함과 추잡함과 추함에 있지 않다. 이 사람들은 어느 날 우연히 서로를 알게 됐고, 남자는 여자에게 추파를 보냈을 것이다. 그리고 집으로 돌아가는 길에 그녀에게 꽃을 가져다주었을 것이다. 수줍고 어리숙한 그는 그녀가 거절할까 봐 내심 걱정했을 것이다. 그러나 그녀는 자연스럽고 우아한 몸짓으로, 그가 불안해하는 것을 보며 만족했을 것이다. 오늘날 곡괭이질을 하거나 땅을 파는 존재 이외에 아무것도 아닌 이 남자는 가슴속에 미묘한 고통을 느꼈을 것이다. 신비는 이제 흙더미가 되어버렸다. 그는 금속판을 주조하는 기계처럼 어떤 공포를 겪고 그것을 표기했을까? 한 마리의 사슴, 한 마리의 영양, 한 마리의 늙

은 동물도 우아함을 간직하는데, 왜 이 아름다운 인간의 육체는 망가져 버리는 것일까?'

「모스크바」『인생의 의미』

49 행복의 여러 조건들이 곧 행복의 탐구가 아니란 것을 당신은 기억하지 못하는가. 당신은 어디로 달려가야 할지 몰라 주저앉을 것이다. 행복은 일단 당신이 창조한 후에 그것에 대한 보상으로 허락되는 것이다. 그러므로 행복의 조건은 전쟁이자 제약이자 인내다.
아름다움의 조건이 아름다움의 탐구가 아니란 것을 당신은 기억하지 못하는가. 당신은 어디로 달려가야 할지 몰라 주저앉을 것이다. 아름다움은 당신의 작품이 만들어졌을 때 보상으로 주어지는 것이다. 그러므로 아름다움의 조건은 전쟁이자 제약이자 인내다.

『성채』

50 베르니스는 한집에서 일어나는 수많은 일들과 수많은 소란을 떠올리며 미소를 지었다. 사람들은 온종일 비슷한 욕구에 맞춰 대응하고 똑같은 무질서를 정돈하며 다녔다. 비극은 지극히 사소한 것에서 비롯됐다. 여행자나 이방인이 되어 바라본다면 충분히 웃어넘길 수 있는 것들 말이다.

『남방 우편기』

51 패배…… 승리……. 이런 표현들을 어떻게 사용해야 하는지 모르겠다. 사람들을 열광하게 하는 승리가 다른 한쪽은 황폐하게 만든다. 사람을 죽이는 패배가 다른 한쪽은 소생시킨다. 인생은 상태가 아니라 과정으로 표현된다. 내가 의심할 수 없는 유일한 승리는 밀알의 힘 안에 깃든 승리다. 드넓은 검은 땅에 밀알을 심는 것, 그것은 이미 승리한 것이다. 그러나 밀알이 자라 밀이 되는 승리를 보기 위해선 시간이 필요하다.

『전시 조종사』

52 사람은 존재하지 않는 것을 만들어낼 수 있다, 그 존재가 눈에 보이지만 않는다면.

「모스크바」『인생의 의미』

53 대지가 대성당이 되기 위해서는 바람이 부는 대로 날아가는 한 알의 밀알만으로도 충분하다.

『성채』

54 우리의 고통은 인류의 것으로서 오래되었다. 그리고 그것은 인간의 진보를 주재해왔다. 어떤 사회가 발전하면 사람들은 낡은 언어를 도구 삼아 현실을 파악하려 한다. 가치가 있든 없든 사람은 언어와 이미지의 포로다. 그러나 그것은 점차 모순이 되어가는 불충분

한 언어이며 절대 현실이 아니다. 언어는 사람이 새로운 개념을 만들 때에만 비로소 해방된다. 인간의 진보는 미래의 세상을 상상하는 데 있지 않다. 어떻게 우리는 앞으로 우리의 첫 작품에서 탄생할 예기치 못한 모순을 고려할 수 있을까? 새롭고 종합적인 것에 필요성을 부과하면서 역사의 걸음을 바꿀 수 있을까? 미래의 세계는 분석을 벗어난다. 인간은 시대의 흐름에 맞춰 세계를 생각하면서 언어를 만들고 진보한다. 뉴턴은 X선의 발견을 예견하거나 준비하지 않았다. 뉴턴은 자신이 알고 있는 현상들을 묘사하기 위해서 그저 언어를 창조했을 뿐이다. X선은 창조에 창조를 거듭하며 그 언어에서 탄생한 것이다.

「평화 혹은 전쟁」『인생의 의미』

55 당장 보이지 않는 목표를 향해 자신을 다스리는 것이 중요하다. 그 목표는 이성이 아닌 영혼을 위한 것이어야 한다. 영혼은 사랑할 줄 알지만 잠자코 있다. 시험에 드는 것, 나는 성당의 신부만큼이나 그것이 무엇을 말하는지 알고 있다. 시험에 드는 것은 영혼이 잠들어 있을 때 이성의 논리에 굴복하는 것이다.

『전시 조종사』

56 그렇다, 이 직업에는 위대함이 있다. 일단 폭풍우를 뚫

고 나와 도착하면 말할 수 없는 기쁨을 느낀다. 암흑이나 폭풍우 속에서 빠져나오자마자 태양이 비치는 알리칸테나 산티아고를 향해 가면, 나무와 여자와 항구의 작은 카페가 있는 공원에서 인생의 한 자리를 차지하고 싶다는 감정을 강하게 느낀다. 가스가 떨어져 착륙지를 향해 기체를 굽히고 빠져나와 검은 산악 지대를 뒤에 두면 어느 조종사가 노래를 부르지 않을 수 있겠는가?

그렇다, 이 직업에는 비참함도 있다. 그래서 어쩌면 이 일을 좋아하게 되었는지도 모르겠다. 예기치 못했던 탑승, 한 시간 후에 세네갈로 급작스럽게 출발해야 하는 일, 출발을 포기해야 하는 일 등……. 늪에서 기체가 고장 나는 일이나 사막 또는 눈 속을 걸어야 하는 일! 이름 모를 유성에 숙명적으로 표착하면 난관을 벗어나야만 한다. 산과 사막, 침묵의 구역을 벗어나 살아 있는 세계로 탈출해야만 한다. 그렇다, 거기에는 침묵뿐이다. 만약 어떤 우편물이 정해진 시간에 도착하지 못한다면, 사람들은 한 시간이고 하루고 이틀이고 우편 비행기를 기다린다. 그러나 한 사람을 기다리고 있는 다른 사람과 떨어트리는 그 침묵은 이미 너무 두터워져 버리고 만다. 많은 동료들이 그것을 알지 못한 채 눈 속에서처럼 죽음 속으로 파묻혀 버렸다.

비참함과 위대함, 그렇다. 하지만 다른 것도 있다!

한밤중에 조종실에 앉아 카사블랑카 상공으로 올라가는 조종사는 별들 속에서 비행기의 검은 덮개가 마치 배의 난간처럼 부드럽게 흔들릴 때 본질 속에 잠기게 된다.

『비행의 위대함과 공헌』*의 서문

57 간단히 말하자면, 나는 내 일을 하는 것이다. 오직 그 자체로 충분히 의미 있는 행위에서 오는 물리적 즐거움만을 느낄 뿐이다(옷을 입으면서 걱정하기는 했지만). 그렇게 위험하다는 생각도, 커다란 의무감도 느끼지 않는다. 유럽 국가들과 나치의 싸움이 내 행동 범주 안에서는 핸들과 레버, 조리개 등을 만지는 일에 지나지 않고, 그래서 좋다. 우매하지만 신실한 신자는 초에 불을 켜는 것으로 신에 대한 사랑을 표현한다. 이 신자는 앞이 보이지 않는 교회에서 사람들과 똑같은 발걸음으로 나아가 커다란 샹들리에 촛대에 차례로 불을 밝히는 것에 만족한다. 모든 초에 불을 다 켜고 나면 그는 손을 비비며 자부심을 느낀다.

『전시 조종사』

58 평화 속에서는 모든 것이 자신 안에 갇혀 있다. 마을

* 1933년에 출간된 모리스 부르데의 책. 생텍쥐페리는 이 책의 서문을 썼다.

에서는 저녁이 되면 사람들이 집으로 돌아가고, 곡식들은 곡식 창고로, 접은 옷은 옷장으로 들어간다. 평화의 시간에 우리는 모든 것이 어디에 있는지 안다. 친구를 만나려면 어디로 가야 하는지, 찾는 물건이 어디에 있는지 안다. 저녁이 되면 잠을 자러 어디에 가야 하는지도 안다. 그런데 계획했던 것이 무너지고, 세상에 더는 자리가 없을 때, 사랑하는 사람을 만나려면 어디로 가야 하는지 더는 알지 못할 때, 바다로 떠난 남편이 더는 돌아오지 않을 때, 평화는 죽는다.

『전시 조종사』

59 나는 나의 고독이 커다랗다고 느꼈다. 내가 사람들에게 요구했던 것은 침묵과 느림이다. 영혼의 밑바닥에 있는 신중함과 산 위의 이 권태를 쓴맛이 날 때까지 마셨다. 나는 발아래로 불빛이 켜진 나의 도시를 바라봤다. 모두가 다시 모여 집에 돌아와 서로를 만날 때까지 도시는 거대한 부름이 되었다. 나는 그렇게 사람들이 하나씩 창문을 닫고 불을 끄는 것을 보며 그들의 사랑을 알았다. 그들의 권태도. 사랑을 더 큰 사랑으로 맞바꿀 수 없을 때 찾아오는 그 권태 말이다.

『성채』

60 비행복을 입으면서 마지막 순간은 어떻게 나타날까를

상상했다. 인생은 언제나 내가 만든 허상을 부정했다. 그러나 이번에는 벌거벗은 몸으로 팔을 구부려 얼굴을 가리지도 못한 채 날아오는 주먹세례를 맞으며 걷는 것이나 다름없었다.
시험이라, 나는 내 육체를 시험했다. 내 육체가 시험당하는 것을 상상했다. 내가 불가피하게 차용한 관점은 나 자신의 육체였다. 사람들은 자기 몸을 끔찍이도 돌보지 않던가! 입히고, 씻기고, 돌보고, 면도를 해주고, 물과 음식을 먹이고. 우리는 자신을 동물과 동일시했다. 그 몸을 이끌고 양복집에, 수술실에 데려갔다. 우리는 몸과 함께 고통받았고, 함께 비명을 질렀고, 함께 사랑했다. 우리는 몸이 곧 자기 자신이라고 말했다. 그러다 그 환상이 갑자기 무너져 내린다. 우리는 몸을 비웃는다! 미천한 것으로 치부한다. 화가 조금만 치밀어 올라도, 사랑이 고조되거나 미움이 생겨나기만 해도 그 대단한 연대 의식은 깨지고 만다.
당신의 아들이 화재 현장에 갇힌 적 있는가? 그렇다면 당신은 아들을 구할 것이다! 사람들은 당신을 말리지 못할 것이다! 당신은 화상을 입겠지만, 그런 일은 아무것도 아니라며 비웃을 것이다. 원하는 사람이 있다면 우연의 일치로 얻은 그 살점들을 담보로 줘버릴 것이다. 그토록 중요했던 것들이 더는 그렇지 않음을 깨닫게 될 것이다. 장애물이 있다면 당신의 몸을 던져

치워버릴 것이다. 당신은 당신의 행위 안에 존재할 것이다. 당신의 행위가 곧 당신이다. 이제 더 이상 다른 곳에서는 당신을 찾을 수 없을 것이다! 당신의 몸은 당신에게 속해 있을 뿐, 더는 당신 그 자체가 아니다. 누구를 칠 것인가? 당신의 몸 안에서 당신을 협박하며 지배하는 이는 어디에도 없을 것이다. 당신은? 적을 죽인다. 당신은? 당신의 아들을 구한다. 당신은 자기 자신을 맞바꿔도, 그 거래에서 무언가를 잃었다고 느끼지 않는다. 당신의 사지는? 도구다. 사람들은 도구를 잘라낼 때 팔짝 뛰어오르는 것을 비웃는다. 당신은 당신의 적의 죽음과 아들을 구하는 일, 환자를 치유하는 일, 당신이 발명가라면 발명하는 일과 자신을 맞바꾼다.

『전시 조종사』

61 마음이 영혼을 이기면 좋지 않다.
감정이 정신을 이기면 좋지 않다.
그렇기 때문에 나는 감정으로 정신을 지배하기보다는 감정으로 인간을 결합시키는 일이 더 쉽게 느껴졌다. 분명 그것은 정신이 감정이 되는 것을 의미하지만, 감정이 가장 중요한 것은 아니다.
나는 군중의 바람에 따라 창조하는 사람들을 굴복시켜서는 안 된다고 생각한다. 왜냐하면 창작 자체가 군중의 바람이 되어야 하기 때문이다. 군중은 정신으로 창작을 받아들여야 하며, 감정으로 느낀 것을 정신으로 바꿔야 한다. 받아들인 양식을 은총과 빛으로 바꿔야 한다.

『성채』

62 나는 춤을 알고 춤을 추는 사람을 좋아한다. 거기에는 다만 진실이 있다.

나는 나무판자를 켜는 목수다. 나는 바다와 결혼하는 신랑이 되기 위해 나무를 통과하는 사람이다. 나는 축제에서 축제를 향해 걷는다. 나는 아버지가 되었고, 아버지가 될 것이다. 내 아내가 아기를 가졌으니까. 나는 봄의 정원사다. 왜냐하면 봄은 나와 내 삽과 쇠스랑을 쓰고 있기 때문이다. 나는 어딘가로 향해서 나아가고 있는 사람이다.

『성채』

63 나는 죽음이 아니라 바로 다음 이어질 순간을 위해 산다. 나는 매초 부활한다. 꼬리에 꼬리를 물고 나타나는 기쁨 속에서 환희를 뒤쫓으며 산다. 그리고 예기치 못한 경이로운 쾌락을 맛보기 시작한다……. 매초 내게 생이 주어지는 것 같다. 매초 내 삶이 더 생생하게 느껴지는 것 같다. 나는 산다. 나는 살아 있다. 나는 아직

살아 있다. 나는 언제나 살아 있다. 나는 생명의 원천일 뿐이다. 살아 있다는 도취감이 나를 사로잡는다. 사람들은 '전투에 대한 도취감'이라고 말하지만, 내게는 생에 대한 도취감이다. 저 아래에서 우리를 겨냥하고 있는 적들은 그들이 우리를 더 단단하게 단련시켜 주고 있다는 것을 알까?

『전시 조종사』

64 존재하기 위해서는 무엇보다 책임지는 것이 중요하다.

『전시 조종사』

65 미소는 보통 본질적인 것이다. 사람들은 미소로 대가를 받기도 한다. 미소로 보상을 받기도 한다. 미소로 누군가를 움직이기도 한다. 미소의 어떤 특징은 사람을 죽이기도 한다. 그 특징이 현시대의 불안으로부터 우리를 해방시켜 줬고, 우리에게 확신과 희망과 평화를 허락해줬지만, 나는 오늘날 나를 더 잘 표현하기 위해 또 다른 미소를 이야기할 필요를 느낀다.

『어느 인질에게 보내는 편지』

66 내가 아는 유일한 진리는 생명이고, 내가 아는 유일한 질서는 질료를 지배하는 통일성이다.
질료가 부조화를 이룬다고 해도 상관없다. 내 질서는

하나를 통한 전체의 보편적 협력이다. 이 질서는 내게 영구적인 창조를 요구하고, 그 과정에서 생기는 모습을 흡수해버릴 언어를 만들어내라고 강요하며, 그 자체가 바로 생명이다.

『성채』

67 그러나 우리의 성장은 아직 끝나지 않았고, 내일의 진실은 어제의 실수를 양식으로 삼는다. 이겨내야 할 장애물은 성장을 위한 부식토이기도 하다. 우리는 우리와 다른 이들을 동족으로 여겨야 한다. 얼마나 이상한 동족 관계인가! 관계는 과거가 아니라 미래를 토대로 한다. 시초가 아니라 목표를 토대로 이뤄진다. 우리는 서로 다른 먼 길을 떠나 같은 약속 장소로 향해 가는 순례자들이다.

『어느 인질에게 보내는 편지』

68 때때로 갑작스레 찾아온 어떤 깨달음으로 운명이 바뀌기도 하지만, 그것은 영혼이 오랫동안 갈고 닦아온 길로 불현듯 눈을 돌린 것일 뿐이다. 나는 더디게 문법을 배웠고, 사람들은 내게 문장을 구성하는 연습을 시켰으며, 내 감정을 일깨웠다. 그렇게 느닷없이 시 한 편이 내 심장을 두드린 것이다.

『전시 조종사』

69 창조한다는 것은 어쩌면 춤을 추다가 헛발을 내딛는 일일 것이다. 운명의 몸짓과 상관없이 돌멩이에 가위질하는 일일 것이다. 당장 눈앞에 있는 것만 바라보는 당신에게 이런 노력은 무익하고 눈먼 행위로 보이겠지만 뒤로 물러나서 봐라. 도시의 움직임을 한발 떨어져서 살펴봐라. 과잉된 열기와 노동으로 금을 입힌 먼지밖에 남지 않았다. 더 이상 어설픈 몸짓을 알아채지 못할 것이다. 싫든지 좋든지 간에 작업에 열중하는 이 사람들은 그들의 성이나 저수지 또는 공중 위의 정원을 만들고 있기 때문이다. 그들의 작품은 반드시 그들의 손가락이 부린 마법으로 탄생한다. 당신에게 말하노니, 이 작품들은 노련한 사람들만큼이나 어리숙한 사람들의 몸짓에서도 나오는 것이다. 왜냐하면 인간을 나눠놓을 수는 없기 때문이다. 당신이 위대한 조각가들만을 구한다면, 당신은 위대한 조각가를 단 한 사람도 차지할 수 없을 것이다. 해볼 기회를 주지 않는 일을 할 미친 사람이 누가 있겠는가? 위대한 조각가는 솜씨 없는 조각가들을 밑거름 삼아 탄생한다. 그들은 위대한 조각가를 끌어올려 주고 키워준다. 아름다운 춤은 춤에 대한 열정에서 나온다. 춤에 대한 열정은 춤을 추는 모든 이들에게 요구되는 것이다—춤을 잘 못 추는 사람에게도—. 그렇지 않다면 그것은 열정이 아니라 경직된 분위기의 학술원이자 의미 없는 공

연이다.

『성채』

70 마음을 다듬는 것만으로는 사람을 구하기에 충분하지 않다. 은총이 그를 감동하게 해야 한다. 나무를 가지치기하는 것만으로는 꽃을 피우기에 충분하지 않다. 봄이 껴들어야 한다. 비행기의 무게를 줄이는 것만으로는 이륙하기에 충분하지 않다. 바닷바람이 불어야 한다.

「시험 비행사들에게 드리는 글」『인생의 의미』

71 본질이란? 그것은 직업의 강렬한 기쁨이나 비참함, 위험이 아니라, 경험이 쌓이면서 얻어지는 관점이다. 가스가 떨어지고 엔진이 잠잠해지며 조종사가 기항지를 향해 미끄러질 때, 그가 인간의 비참함과 돈에 대한 염려, 비천함, 욕망, 원한이 있는 도시를 고찰할 때, 그는 자신이 그런 것들이 닿을 수 없는 순수한 곳에 와 있음을 느낀다. 밤이 험악할지라도 그는 그저 삶의 기쁨만을 맛볼 뿐이다. 그는 일이 끝나면 근교에 있는 자기 집에 갇히는 도형수가 아니라, 자신의 정원으로 천천히 들어가는 왕자다.

『비행의 위대함과 공헌』의 서문

72 네게 말했듯이 어느 한 사람은 실수하고 어느 한 사람은 성공한다고 해도 이 둘의 차이를 걱정하지 마라. 한 사람이 다른 사람과 나누는 커다란 협력만이 유익하다. 또 서투른 몸짓은 성공적인 몸짓에 쓰인다. 성공한 몸짓은 서투른 몸짓을 하는 사람들과 함께 추구해 나갈 목표를 보여준다. 신을 발견한 사람은 모두를 위한 신을 발견한 것이다.

『성채』

73 이 농가에서 저 농가로 왕진을 다니는 시골의 나이 든 의사는 저녁이 되면 눈빛이 반짝인다. 정원사는 자신의 정원에서 장미가 피어나도록 가꿀 줄 안다. 삶과 죽음에 가까운 일을 하는 모든 이들은 같은 지혜를 얻는다.

『비행의 위대함과 공헌』의 서문

74 인간은 이성에 도달할 수 없는 존재다. 인간의 의미는 존재하는 것과 무언가를 지향하는 데 있다. 행위의 여러 단계를 거쳐야 이성이 된다. 그러니까 단번에 되는 것이 아니다. 그렇지 않다면 어떤 어린이도 남아 있지 않을 것이다. 세상에 맞서 살아가기에 어린이는 아직 약하니까. 삼나무도 사막과 맞서지 않는다. 삼나무는 사막을 흡수하기 때문에 사막에 반하여 태어난다.

『성채』

75 자유가 방종이 아니듯 질서가 자유의 부재는 아니다.

『성채』

76 나는 아직도 비행기가 단지 변수의 총합이 아니라 우리가 진찰해야 하는 유기체라고 말하는 쿠페나 라즌느 또는 데트루아야의 말을 믿는다. 그들은 착륙한 후 조용히 기체를 돌면서 손가락 끝으로 동체를 매만지고 날개를 톡톡 두들겨 본다. 그들은 계산하지 않고 명상한다. 그러고는 기술자들을 향해 몸을 돌리고 그저 이렇게 말한다. "자, 안전핀 간격을 좁혀야겠어." 나는 물론 과학을 존중한다. 그러나 지혜 역시 사랑한다.

「시험 비행사들에게 드리는 글」『인생의 의미』

77 비행장 주임은 마지막 점검을 한다. 모든 것이 절대적으로 질서정연해야 한다. 마치 발레 공연을 하듯이 말이다. 지금부터 5분 후 이 항공기가 하늘에 있어야 하는 것처럼 격납고 안에서도 제 위치에 있어야 한다. 비행은 선박의 출항처럼 정확히 계산되어야 한다. 하나의 쐐기 못을 제대로 박지 않은 것은 엄청난 실수다. 기항지에서 기항지로, 부에노스아이레스나 칠레의 산티아고까지 가는 비행이 우연이 아닌 정확한 계

산을 통해 이뤄지기 위해서는 이 500촉광짜리 전구를 밝혀 정확히 바라봐야 하며 엄격한 통제를 해내야 한다. 그래야 폭풍우를 만나거나 짙은 안개에 휩싸이거나 회오리가 몰아치거나 안전장치, 밸브로커, 소재, 기체에 수많은 결함이 발생한다고 해도, 이 항공기가 급행열차나 특급열차, 화물열차, 증기기관차를 따라잡고 추월하여 완전히 제쳐버릴 수 있다. 그렇게 부에노스아이레스나 칠레의 산티아고에 도달하는 것이다.
『남방 우편기』

78 어쩌면 당신 안에 싹을 틔웠을 정치인들의 거창한 말이 진실인지 아닌지 혹은 논리적인지 아닌지 알려고 하는 것이 내게는 우습게 느껴졌는지도 모르겠다. 씨앗에서 싹이 나오듯이 그 말들이 당신을 사로잡았다면, 그것은 그 말이 당신의 욕구에 부합하기 때문이다. 당신만이 판단할 수 있다. 밀을 알아보는 것은 땅이다.
『인간의 대지』

79 그는 계속 싸우면서 자신의 운을 조금 더 시험해볼 수도 있었을 것이다. 숙명이란 외부에 있는 것이 아니니까. 숙명은 내면에 있다. 자신이 약하다는 것을 발견하는 순간이 오면 정신이 혼미해진 당신은 잘못된 판단을 하게 된다.

『야간 비행』

80 나는 나무가 질서라고 본다. 그러나 여기서 질서란 서로 다른 것을 지배하는 하나의 통일성이다. 왜냐하면 이 가지에는 새 둥지가 있는데 저 가지에는 새 둥지가 없고, 이 가지에는 열매가 열렸는데 저 가지에는 열매가 전혀 열리지 않았으며, 이 나뭇가지는 하늘을 향해 뻗었는데 저 나뭇가지는 땅을 향해 늘어뜨리고 있기 때문이다. 그러나 군사 잡지에 나올 법한, 명령에 잘 복종하는 나의 장군들은 이제는 서로 상이한 점이 없는 사물들만이 질서 속에 있다고 말한다.

『성채』

81 인생은 단순하지도 복잡하지도 않고, 분명하거나 막연하지도 않으며, 부조리하거나 앞뒤가 맞지 않은 것도 아니다. 인생은 그냥 존재하는 것이다. 언어만이 그것을 정리하거나 복잡하게 하고, 명확하게 하거나 모호하게 하고, 다양화하거나 획일화한다.

『성채』

82 하루 동안에도 식욕에 따라 더 당기는 음식과 먹고 싶은 음식, 그저 그런 음식이 있는 것처럼 인간의 삶에도 여러 계절이 있다는 것을 왜 모르는가?

『성채』

83 오직 행위를 통해서만 인간을 알아보고 육체적인 경험 또는 그것에서 얻은 것만으로 인간을 판단하는 자는 눈먼 사람이나 다름없다. 인간에게 중요한 것은 그가 당장 가지고 있는 것이 아니다. 왜냐하면 지금 산책 중인 영주가 당장 손안에 넣을 수 있는 것은 몇 개의 낟알이나 과일이 전부이기 때문이다. 전쟁에서 나를 따랐던 사람들 역시 볼 수도 없고 만질 수도 없고 안을 수도 없는, 그들을 생각하지도 않는 애인에 대한 추억으로 가득하다. 병사들이 새벽 공기를 마시며 뒤에서 뭔가 잡아당기고 있는 듯한 무게를 느끼는 그 시각에 멀리 떨어진 곳에서 침대에 잠들어 있는 애인은 존재하지 않는 것과 마찬가지다. 부재하거나 죽은 것과 같다고 해야 할까. 아니, 잠든 것이라고 해야 할까. 그러나 그는 그녀가 존재한다는 것만으로도 책임감을 느끼고, 그에게는 한 번도 닿지 않았던, 잠들어 있는, 곡식창고의 곡식처럼 잊힌 애정에 책임을 느끼며, 그가 한 번도 맡아본 적 없는 향기와 정원 한가운데에서 속삭이는 분수와 그를 다른 사람들로부터 구별해주는 왕국의 무게도 짊어지고 있는 것이다.

『성채』

84 인간은 존재하는 것이지 표현하는 것이 아니다. 분명 모든 의식의 목적은 존재를 표현하는 것이지만, 표현은 어렵고 느리고 완곡한 수단이다. 일단 표현되지 못하는 것은 존재하지 않는다고 믿는 것은 잘못된 생각이다.

『성채』

85 본질을 벗어난 모든 사건은 허위다. 영광스러운 거짓이다. 정복자를 향한 우리의 열광이 거짓인 것과 다르지 않다.

소문들은 모두 거짓이다. 남는 것이 아무것도 없으니까.

『성채』

86 재미있게 말을 하려다 보면 약간의 거짓을 보태게 될 때도 있다. 나는 가로등을 켜는 사람들에 대해 이야기하면서 아주 정직하지는 못했다. 지구에 대해서 잘 모르는 사람이 오해할 염려가 있으니 말이다. 사람들은 지구에서 아주 작은 자리를 차지한다. 지구에 사는 20억 명의 사람들이 집회를 하듯 밀집해 서 있으면, 가로 20마일에 세로 20마일인 공공장소에 넉넉히 들어갈 수 있을 것이다. 인류 전체를 태평양의 제일 작은 섬에 몰아넣을 수도 있을 것이다.

물론 어른들은 믿지 않을 것이다. 그들은 자신들이 큰

자리를 차지하고 있다고 생각하니까. 그들은 자신을 바오바브나무처럼 중요하다고 여긴다.

『어린 왕자』

87 우리가 구원받기 위해서는 서로를 연결해줄 어떤 목적을 인식하도록 도와주는 것으로도 충분하기 때문에 그 목적을 보편적인 것에서 찾아야 한다. 왕진하러 온 외과 의사는 그가 진료하는 환자의 불평을 듣지 않는다. 의사가 치료하려는 것은 그 사람 자체이기 때문이다. 의사는 공동의 언어로 말한다. 항공기 조종사는 근육질인 손목으로 난류를 이겨내는데, 그것은 도형수의 작업과 같다. 그러나 그는 그렇게 싸우면서, 서로 사랑하고 만나려는 사람들을 이어준다. 조종사는 우주로 다시 들어간다. 별들 아래서 자기 양들을 지키는 단순한 양치기일지라도 그가 자신의 역할을 인식하고 있다면, 자신이 양치기 이상의 존재임을 알게 된다. 그는 보초병인 것이다. 모든 보초병은 제국 전체를 책임진다.

「평화 혹은 전쟁」『인생의 의미』

88 리비에르는 직원들과 직원들 너머의 노동자들, 정비사들, 조종사들, 무언가를 세우는 사람의 신념으로 자신을 도와줬던 모든 사람들을 바라봤다. 그는 '섬'이

있다는 이야기를 듣고 배를 만들었던 작은 도시들을 떠올렸다. 그 도시 사람들은 자신들의 희망을 싣기 위해서, 사람들이 배가 돛을 펼치고 바다로 나가는 모습을 보도록 하기 위해서 배를 만들었다. 그들은 모두 한 척의 배 덕분에 자기 자신을 벗어나 해방되고 성장했다. 어쩌면 목적은 아무것도 정당화시키지 못할 것이다. 그러나 행동은 죽음으로부터 해방시켜 준다. 그 사람들은 자신들이 만든 배를 통해 살 수 있었다.

『야간 비행』

89 성채여, 나는 인간의 마음속에 너를 세울 것이다. 왜냐하면 씨앗을 골라 뿌려야 할 때도 있지만, 결정적으로 씨앗을 생육하고 수확하며 기뻐해야 할 때도 있는 것이니까. 창조를 위한 시간도 있지만 피조물을 위한 시간도 있다. 하늘에서 번쩍이며 둑을 무너뜨리는 번개의 시간도 있지만, 무너진 둑에서 쏟아져 나온 물이 다시 모이는 저수지의 시간도 있다. 정복을 위한 시간도 있지만 제국의 안정을 위한 시간도 온다. 신의 종인 나는 영원의 맛을 안다.

『성채』

90 미래를 준비한다는 것은 현재를 올바르게 세우는 일임을 알아야 한다. 먼 이미지나 창조의 열매를 좇는

사람들은 유토피아와 꿈이 전개되는 과정에서 지쳐버린다. 왜냐하면 유일하고 진정한 창작은 부조리한 양상과 모순되는 언어에 묻힌 현재를 해독하는 것이기 때문이다.

『성채』

91 조각가인 내가 얼굴을 빚었을 때, 나는 속박을 빚은 것이다. 모든 구조물은 속박이다. 무언가를 손에 넣게 되면 그것을 지키기 위해 주먹을 쥔다. 한 편의 시에 담긴 시어의 자유에 대해 내게 말하지 말라. 나는 그 단어들이 하나씩 내 규칙에 따르도록 복종시켰다.

『성채』

92 나의 오렌지나무는 아름답고 오렌지가 풍성하게 열렸는데 왜 열매 맺은 가지를 잘라버리는가? 나무는 그냥 두는 것이 맞다. 그러면 자유롭게 꽃 피울 것이다.

『성채』

93 나무가 스스로 껍질 속에 갇혀서만 살아가고 있다고 생각한다면 당신은 기쁨에 대해 전혀 알 수 없을 것이다. 나무란 날개 달린 씨앗의 근원이고, 대를 이어 모습을 바꿔가며 더욱더 아름다워진다. 그러니까 당신의 생각과는 달리 나무는 바람에 따라 변화하는 불길

처럼 나아가고 있는 것이다. 당신이 산에 삼나무 한 그루를 심었다면, 몇 백 년 후 그곳에는 천천히 거닐 수 있는 당신의 숲이 있을 것이다.
나무는 자신의 무엇을 믿겠는가? 나무는 뿌리와 기둥과 잎을 믿는다. 나무는 땅속에 뿌리를 내리는 것이 자신의 임무라고 생각하겠지만, 나무란 오직 통로에 지나지 않는다. 대지는 나무를 통하여 태양의 꿀과 결합하고, 싹을 움트고, 꽃을 피우며, 씨앗을 만든다. 그 씨앗은 아직 눈에 띄지 않는 불길처럼 생명을 준비한다.
『성채』

94 너의 욕망 중 하나를 포기하라고 조언하며 너를 도우려는 사람의 말을 절대 듣지 말아라.
너는 너의 사명을, 네 안에서 너를 묵직하게 누르는 것을 안다. 네가 그것을 저버린다면 결국 너는 너 자신을 훼손하고 만다. 그러나 너의 진실은 천천히 이뤄진다는 것을 알아두길. 진실은 나무처럼 태어나는 것이지 형식을 발견하는 것이 아니니까. 왜냐하면 우선 세월이 그 역할을 다해야 하며, 그것은 네가 다른 사람이 되는 것만큼 힘든 일이고, 가파른 산을 오르는 것만큼 어려운 일이기 때문이다. 어울리지 않는 것들의 조합에서 벗어나 새로운 하나가 되는 것은 너에게 풀기 어려운 문제의 답을 찾는 것이 아닌, 분쟁의 완

화나 상처의 회복을 요구하는 일이다. 일단 이루어지고 난 후에야 그 힘을 알게 될 것이다. 그리고 그것이 늘 내가 인간에게 잊힌, 신을 닮은 침묵과 느림을 강조했던 이유다.

『성채』

95 리비에르는 조금 걷기 위해 밖으로 나갔다. 그리고 그를 다시 덮치는 불편함을 잠시 잊으려 했다. 오로지 행동만을 위해 살았던 그는 이상하게도 비극이 자리를 바꾸어 개인적인 것이 된 것 같다는 느낌을 받았다. 그는 작은 도시에서 뮤직홀 주위를 맴돌며 사는 소시민들이 겉으로는 조용한 삶을 살지만 병이나 사랑, 애도 같은 비극적인 일에 마음이 무거울 때도 있다고 생각했다. 그리고 어쩌면…… 그만이 겪은 불편함이 그에게 많은 것을 가르쳐줬으리라는 것도. "고통이 어떤 창문을 열지"라고 그는 생각했다.

『야간 비행』

96 이곳에는 병원과 비슷한 분위기가 감돈다. 그렇다, 나는 분명히 그것을 느꼈다. 내전은 결코 전쟁이 아니라 병이라는 것을…….

이들은 정복 행위에 취해 돌진하는 것이 아니라 전염병과 싸우기 위해 조용히 전투를 벌이고 있다. 맞은편

진영에서도 상황은 다르지 않다. 이 전투에서 문제는 영토 밖으로 적을 몰아내는 것이 아니라 어떤 병을 치료하는 것이다. 새로운 사상은 페스트와 비슷하다. 그것은 내면을 공격한다. 그것은 눈에 보이지 않게 전파된다. 그리고 어떤 당원은 거리로 나왔을 때 자신이 알아볼 수 없는 페스트 환자들에게 둘러싸인 것처럼 느끼는 것이다.
바로 그렇기 때문에 이들은 방독면을 쓴 채 조용히 움직인다. 이들은 전략가들이 지휘하는 초원에 배치되어 국외 전쟁을 하는 연대와는 전혀 다르다. 이들은 혼란에 빠진 도시에서 가까스로 단합한다. 더 정확하게 말하자면 바르셀로나에도, 사라고사에도 공산주의자, 무정부주의자, 파시스트 들이 같은 도시 안에서 활동하고 있다. 그러니 어쩌면 적보다도 더 이질적인 집단이 결합되어 있는 것인지도 모른다. 그러니 내란에서 적은 내부에 있고, 집단을 이룬 사람들이 결국 자신의 집단에 대항해 전투를 벌이는 것이다.

「피로 물든 스페인」『인생의 의미』

97 그러나 생명은 존재하는 것이다. 나무가 존재하는 것과 같다. 줄기는 나뭇가지가 되기 위해 싹을 찾아내는 수단이 아니다. 줄기도 새싹도 가지도 모두 하나의 개화이다.

『성채』

98 나는 무엇보다 개인의 운명을 믿는다. 운명이 그토록 유한하다고 해서 보잘것없는 것은 아니다. 왜냐하면 하나뿐인 꽃은 봄이 왔음을 알아차리게 해주는 열린 창문이니까. 이것은 꽃이 된 봄이다. 한 송이의 꽃도 피우지 못하는 봄은 나에게 아무런 의미도 없기 때문이다.

『성채』

99 오직 정신을 진흙에 불어 넣을 때만 비로소 인간이 창조될 수 있다.

『인간의 대지』

III

자기만의 별을 찾아서

1 어린 왕자는 돌 위에 앉아 고개를 들어 하늘을 바라봤다. "별들이 저렇게 반짝이는 것은 언젠가 사람들이 자기만의 별을 다시 찾아낼 수 있도록 하기 위해서가 아닌가 싶어."
어린 왕자가 말했다.
『어린 왕자』

2 비행기에서 뛰어내리면서 내가 아주 젊다고 느꼈습니다. 나는 풀밭을 뒹굴고 싶었고, 유쾌해 보이는 모든 것을 입을 벌린 채 멍하니 바라보고 싶었습니다. 또 그것들을 만져보고 싶었지요. 태양은 너무도 막연한 나의 꿈을 키워 꽃을 피우게 했습니다. 내가 기뻐할 이유는 너무도 많지요. 마차의 마부도 나를 기쁘게 하고, 구두를 정성껏 닦아 윤을 낸 후 미소 짓는 구두닦이 소년들도 나를 기쁘게 해줍니다. 얼마나 희망이 넘치는 정월 초하루인가요. 오늘 나는 얼마나 풍요한 삶을 살고 있는지요.
『젊은이의 편지』

3 물처럼 맑은 하늘이 별을 적셔 깨웠다. 그렇게 밤이 찾아왔다. 달빛 아래 사하라사막이 굽이굽이 펼쳐졌다. 이마 위의 랜턴은 물체를 있는 그대로 보여주는 것이 아니라 부드러운 빛을 비춰 더 아름답게 보이게

했다. 귀를 먹먹하게 하는 발걸음 아래 두껍게 쌓인 모래는 황홀경을 자아냈다. 우리는 태양의 중압감에서 벗어나 머리를 드러내놓고 걷고 있었다. 밤이란 우리의 평안한 집과 같아서…….

하지만 이 평화를 어떻게 믿을 수 있을까? 무역풍은 쉼 없이 남쪽으로 불어댔고, 비단이 펄럭이는 소리를 내며 해변을 휩쓸었다. 그것은 회오리처럼 몰아치다 소진하고 마는 유럽의 바람이 아니었다. 그 바람은 달리는 특급열차처럼 머리 위로 휘몰아쳤다. 때때로 밤이 되면 바람은 아주 거칠게 우리를 만졌고, 우리는 북쪽을 향해 바람에 떠밀려 가거나 암흑의 목적지를 향해 바람을 거슬러 올라가는 기분을 느꼈다. 얼마나 초조했는지! 얼마나 불안했는지!

그러나 태양은 돌아오고 날은 다시 밝았다. 무어인들은 잠잠했다. 위험을 무릅쓰고 스페인의 요새까지 전진했을 이들은 총을 장난감처럼 가지고 놀았다. 불복하는 부족들이 신비로움을 잃고 엑스트라가 되는 것, 그것이 무대 뒤에서 본 사하라의 모습이었다.

우리는 오밀조밀 모여서 지극히 한정된 자신만의 이미지를 마주하고 살아간다. 그것이 바로 우리가 사막에 고립되어 있다는 것을 알지 못하는 이유다. 우리는 집에 돌아가고 나서야 비로소 우리가 얼마나 먼 곳에 있었는지를 깨달을 수 있다.

『남방 우편기』

4 "자기가 있던 곳이 마음에 들지 않았나 봐요?"
"자기가 있는 곳이 마음에 드는 사람은 없어."
『어린 왕자』

5 바깥은 혹한에 꽁꽁 얼어붙었습니다. 쇼윈도의 불빛도 냉랭하고요. 이런 거리의 느낌으로 멋진 영화를 만들 수도 있을 것 같습니다. 영화를 만드는 사람들은 바보들이에요. 그들은 볼 줄 모릅니다. 자신들이 가진 도구가 무엇인지조차 이해하지 못하는 것 같아요. 강렬한 느낌을 주기 위해 열 명의 얼굴과 열 개의 동작이면 충분할 것 같은데, 이 모든 것을 보지 못하고 사진만 찍어대고 있으니 말입니다.
어머니, 일할 수 있는 용기를 갖고 싶어요. 드릴 말씀이 아주 많습니다. 저녁이 되어야 그날의 긴장을 풀고 잠을 잡니다.
저는 곧 다시 떠날 거예요. 언제가 될지 모르지만. 아마도 차를 바꿔 타게 될 것 같아요.
다정한 키스를 보냅니다.
『내 어머니에게 보내는 편지』

6 조종사의 방은 언제라도 떠날 수 있는 여관방 같았

고, 다시 보금자리를 마련해야 할 때가 많았지. 회사에서는 전날 밤이 되어서야 우리에게 통보하곤 했었네. "○○ 조종사는 세네갈로, ○○ 조종사는 미국으로 전근을……."
그러면 그날 밤으로 맺었던 모든 관계를 끊고, 금고에 못을 채우고, 방에 있던 사진과 책들을 치우고, 머물던 방을 떠나야 했지. 유령보다 더 흔적을 남기지 말아야 했네. 때로는 그날 밤, 품에 안긴 여인의 두 팔을 풀어놓아야 할 때도 있었지. 설득하려고 하면 힘드니까 그저 지쳐 떨어지길 기다리는 거야. 그런 다음 새벽 3시쯤 잠이 든 그녀를 슬그머니 놓고 빠져나와야 했네. 그녀가 받아들인 것은 이별이 아니라 슬픔이지. 그러고는 "받아들인 모양이야. 울고 있는 것을 보니 말이야"라고 말하며 나 자신을 달랬네.
자크 베르니스, 자네는 그 후로 수년 동안 세상을 돌며 무엇을 배웠는가? 조종술을 배웠는가? 조종사는 단단한 수정에 구멍을 뚫으면서 천천히 나아가는 것이라네. 하나의 마을을 지나면 또 다른 마을이 나오고. 마을을 실질적으로 알기 위해서는 그곳에 착륙해야 하네. 그러나 이제 자네는 이런 재산들이 바닷물에 씻기듯 세월에 씻겨 없어지기 마련이란 걸 알고 있지.
처음 몇 번의 비행을 마치고 돌아왔을 때, 자네는 자신이 어떤 사람이 되었다고 생각했나? 왜 여리디여렸던 어린 시절의 환영과 비교해보길 원했던가? 첫 휴가를 나왔을 때 자네는 나를 데리고 중학교에 갔었네. 베르니스, 나는 이 사하라사막에서 자네의 비행기가 지나가기를 애타게 기다리며, 우리의 어린 시절을 찾아갔던 그날을 우울하게 회상해본다네.

『남방 우편기』

7 모두가 양극으로 흩어지면 별들은 저마다 진정한 방향을 정한다. 별들은 모두 동방박사의 별이다. 별들은 자기만의 신을 섬긴다. 이 별은 너무 멀리 있어 도달하기 힘든 우물로 가는 길을 가리킨다. 당신과 그 우물 사이의 거리는 성벽과 같은 무게를 가지고 있다. 저 별은 마른 우물로 가는 길을 가리키는데, 그 별마저도 말라 보인다. 마른 우물로 가는 길에는 어떤 비탈도 없다. 다른 어떤 별은 미지의 오아시스로 향하는 길로 안내하고, 어떤 유목민들은 당신을 찬양하지만 그들의 반대파는 당신을 가로막는다. 당신과 오아시스를 갈라놓는 모래는 요정이 나오는 동화 속 잔디밭과 같다. 또 다른 별은 남부의 하얀 집으로 가는 방향을 가리킨다. 하얀 치아를 심은 곳에서 나온 열매 같은, 바다로 가는 길이다.

『어느 인질에게 보내는 편지』

8 직업상 어쩔 수 없이 요구되는 일들이 세상을 바꾸고 더 풍요롭게 한다. 조종사가 해묵은 풍경에서 새로운 의미를 발견하기 위해 꼭 힘겨운 밤을 통과해야만 하는 것은 아니다. 승객들에게 피로를 주는 단조로운 풍경도 승무원들에게는 이미 다르다. 수평선을 가로막는 구름도 단순한 배경에 그치지 않는다. 구름은 승무원의 근육을 긴장시키고 여러 문제를 일으킬 수 있다. 승무원들은 그 문제들을 미리 고려하고 헤아린다. 바로 그것이 구름과 그들을 연결하는 진정한 언어다. 자, 아직 멀리 있는 저 산봉우리는 우리 앞에 어떤 모습으로 나타날 것인가? 달 밝은 밤에 산봉우리는 유용한 지표가 되지만 조종사가 시야를 확보하지 못한 채로 날면서 편류를 바로잡지 못하고 자신이 어디에 있는지 확신하지 못한다면, 그 봉우리는 마치 물에 잠긴 채로 조류를 따라 떠다니다가 바다 전체를 뒤흔드는 지뢰처럼 밤새 조종사를 위협할 것이다.
그렇게 바다도 모습을 바꾼다. 단순한 여행자에게 폭풍우는 보이지 않는다. 아주 높은 곳에서 바라보면, 파도는 높낮이가 없고 물보라도 움직이지 않는 것처럼 보인다. 다만 잎맥과 이음새가 있는 커다랗고 하얀 종려나무만 혹독한 추위에 얼어붙은 채 가지를 늘어뜨리고 있을 뿐이다. 그러나 승무원들은 그런 바다에는 절대 착륙해서는 안 된다고 판단한다. 그들에게 그 종려나무는 독을 품은 커다란 꽃과 같다.
만약 여행이 무탈하다고 해도 자기 노선 어딘가를 나는 조종사는 그저 단순한 풍광을 감상하는 것이 아니다. 대지와 하늘의 색, 바다 위를 달리는 바람의 흔적, 석양에 황금빛으로 물든 구름들, 그는 그런 것들을 감상하기보다는 깊이 생각한다. 자신의 경작지를 돌면서 수많은 징후들을 통해 봄의 걸음과 서리의 위협, 비를 예측하는 농부처럼 조종사 역시 눈과 안개, 행복한 밤의 징후들을 해독한다. 처음에는 기계가 자연의 커다란 문제들에서 벗어나게 해줄 것 같지만 결국은 더욱 혹독하게 그 문제들에 종속시키기도 한다. 폭풍우 치는 하늘이 만든 거대한 재판소 한가운데에 서서 조종사는 우편을 나르는 항공기를 두고 산, 바다, 폭우라는 세 명의 신과 싸워야 하는 것이다.
『인간의 대지』

9 그때부터 우리는 우주의 닿을 수 없는 수많은 행성들 사이에서 단 하나의 진정한 별, 익숙한 풍경과 집, 친구, 다정함이 있는 우리의 별을 찾아 헤맸다.
그 모두를 품고 있는 유일한 별……. 당신에게 그 별이 내 앞에 나타났던 장면을 말해주고 싶다. 유치하게 들릴지 모르겠지만 위험한 상황에서도 우리는 인간적인 문제와 마주하지 않을 수 없다. 나는 목이 마르고 배가 고팠다. 시스네로스 비행장을 찾아낸다면 먼저 연료부터 가득 채운 후에 여행을 계속하다가 선선한 새벽쯤 카사블랑카에 착륙할 수 있을 텐데. 임무를 완수하면 네리와 나는 시내로 갈 것이다. 그리고 새벽부터 문을 연 술집을 찾아낼 것이다……. 네리와 나는 안전하게 자리에 앉아 갓 구운 크루아상과 카페오레를 앞에 놓고 지난밤의 일을 껄껄 웃으며 이야기하리라. 네리와 나는 삶이 주는 아침이라는 선물을 받을 것이다. 나이 든 시골 여인은 그림이나 소박한 메달, 묵주를 통해서만 신을 만난다. 우리가 서로를 이해하기 위해서는 쉬운 언어로 말해야 한다. 그렇게 삶의 기쁨은 이 향기롭고 뜨거운 첫 한 모금, 우유와 커피와 밀의 조합으로 압축되고, 그것을 통해 고요한 목장과 이국적인 열대 농장, 추수와 교감하며, 그렇게 대지 전체와 교감한다. 그토록 많은 별들 중에서 우리가 새벽에 식사를 할 수 있도록 달콤한 그릇을 내주는 별은 오직 하나다.

『인간의 대지』

10 파비앙은 산 훌리안 위로 엔진 속도를 늦추며 하강하다가 지쳐버렸다. 인간의 삶을 달콤하게 하는 모든 것이 그를 향해 점점 커다랗게 다가오고 있었다. 집, 작은 카페들, 나무들과 산책길. 그는 정복을 떠나는 날

저녁 자기 왕국의 땅을 굽어보며 인간들의 소박한 행복을 발견하는 정복자와 같았다. 파비앙은 무기를 내려놓았다. 여기저기 쑤시는 무거운 몸을 돌볼 필요가 있었다. 이토록 사람은 비참함을 느낄 때도 풍요롭다. 그는 창문 너머로 움직이지 않는 풍경을 바라보는 단순한 사람으로 이곳에 있고 싶었다. 그는 이 작은 마을을 기꺼이 받아들였을 것이다. 일단 마음을 정한 후에는 이 마을을 발견한 우연에 만족하며 여기를 좋아할 수 있었을 것이다. 마을은 연인처럼 당신을 구속했을 것이다. 파비앙은 이곳에서 오랫동안 살고 싶었고, 자신의 몫으로 주어진 영원성을 갖고 싶었다. 그가 한 시간만 사는 작은 마을들과 그가 지나가는 오래된 벽이 감싼 정원들은 그와 상관없이 영원히 지속될 것처럼 보였기 때문이다. 마을이 비행기를 향해 올라와 그를 향해 열리는 것처럼 보였다. 파비앙은 친구들과 다정한 여자들, 쾌적한 흰색 식탁보와 천천히 그러나 영원히 차지하게 되는 모든 것들을 생각했다. 마을은 이미 비행기 날개 아래로 흘러가 버렸고, 더는 담벼락으로 가리지 못하는 닫혀 있던 정원의 비밀이 펼쳐졌다. 그러나 파비앙은 착륙하면서 돌 사이로 몇몇 사람들의 느린 움직임 외에 아무것도 보지 못했다는 것을 깨달았다. 마을은 움직이지 않음으로써 그들의 열정의 비밀을 지키고 있었던 것이다. 마을은 다정한 모습을 드러내길 거부했다. 다정함을 얻기 위해서는 그가 움직임을 포기해야만 했다.

『야간 비행』

11 내 안에서 무슨 일이 일어나고 있는지 모르겠다. 저토록 많은 별들이 자기를 띠고 있는데 그 무게는 나를 땅에 붙들어 놓는다. 또 다른 무게는 나를 나 자신에게로 다시 데려간다. 나는 수많은 사물들을 향해 나를 당기는 내 무게를 느낀다! 내 꿈은 저 모래언덕보다, 저 달보다, 저 존재들보다 더 실질적이다. 집의 아름다움은 당신을 보호하거나 당신의 몸을 따뜻하게 해주는 데 있지 않다. 벽을 소유하고 있다는 것과도 관계없다. 집은 천천히 우리 안에 애정을 비축한다. 마음 속 깊숙한 곳에 샘물처럼 꿈이 태어나는 거대한 어둠을 만든다.

『인간의 대지』

12 도망친다는 것, 그것이 중요하네. 우리는 열 살 때 다락방에서 은신처를 찾아냈지. 죽은 새들, 낡아서 구멍이 난 가방들, 범상치 않은 옷가지들. 그건 마치 인생이라는 무대의 뒷모습 같았어. 우리가 '감춰진 보물'이라고 불렀던 그것들은 동화책 속 오래된 저택에 감춰진 사파이어, 오팔, 다이아몬드 같았지. 희미하게 빛나

는 보물, 그것이야말로 모든 벽과 들보가 존재하는 이유였네. 커다란 들보들은 신만이 아시는 무언가로부터 집을 지키고 있었어. 그래, 시간으로부터였지. 시간이 우리 집의 커다란 적이었으니까. 우리는 전통을 계승하면서 우리 자신을 지켰네. 과거의 의식을 통해서 말이야. 거대한 대들보도 마찬가지네. 그러나 우리는 집이 한 척의 배처럼 이미 출항했다는 사실을 알고 있는 유일한 사람들이었지. 선창, 화물창까지 가봤던 우리는 어디서 물이 새는지 알고 있었던 거야. 우리는 새들이 목숨을 끊기 위해 슬그머니 들어오는 천장의 구멍을 알고 있었고, 들보의 갈라진 틈도 알고 있었어. 아래층의 거실에서는 손님들이 담소를 나누고, 아름다운 여성들은 춤을 추고. 이 얼마나 거짓된 평화인가! 사람들은 분명 술을 마시고 있었을 걸세. 하얀 장갑을 낀 흑인 하인들이 있었고, 아, 지나가는 손님들도 있었어! 우리는 저기 위, 지붕에 난 틈으로 푸른 밤이 스며드는 것을 봤지. 그 작은 구멍으로 단 하나의 별이 머리 위로 떨어졌네. 우리를 위해 하늘 전체를 밝히는 별이었어. 그리고 우리를 병들게 하는 별이었지. 우리는 고개를 돌렸어. 그것은 죽음을 불러오는 별이었으니까.

『남방 우편기』

13 빈약한 무대에서 인간의 증오, 우정, 기쁨 같은 다양

한 극이 얼마나 펼쳐지는지! 아직 식지 않은 용암 위에 무모하게 서 있으면서, 쏟아지는 모래와 눈으로부터 위협을 받으면서 인간은 어떻게 영원을 맛본 것일까? 문명은 허술한 도금에 지나지 않아서 화산이 터지거나 새로 바다가 만들어지거나 모래바람만 불어도 지워져 버린다.

이 도시는 보스 지방*의 흙처럼 깊숙한 곳까지 비옥하다고 느껴지는 진짜 땅 위에 세워진 듯하다. 우리는 다른 곳에서처럼 이곳에서도 생명이란 하나의 사치이며 인간의 발아래 깊숙한 땅은 어디에도 없다는 사실을 잊는다. 그러나 나는 푼타아레나스에서 10킬로미터 떨어진 곳에 우리에게 그런 곳이 있음을 보여주는 호수가 존재한다는 사실을 알고 있다. 시든 나무들과 낮은 집들에 둘러싸여 있는 농가 마당의 못처럼 보잘것없는 그 호수는, 설명할 수는 없지만 조수의 움직임을 보이고 있다. 그 호수는 수많은 평화로운 모습들, 갈대들, 노는 아이들 사이에서 느리게 호흡하며 다른 법칙을 따르고 있다. 잔잔한 수면 아래, 움직임 없는 얼음 밑, 망가진 배 아래로 달의 힘이 작용하고 있다. 바다의 난류가 심층에서 그 시커먼 덩어리에 영향을 미친다. 마

* La Beauce, 센강과 루아르강 사이에 위치한 프랑스 북부 지역. 땅이 비옥해서 농업이 활발한 곳이다.

젤란해협까지 풀과 꽃이 있는 얇은 층 밑으로 이상한 소화 작용이 이뤄지고 있다. 사람들이 자신의 집이라 믿는, 대지 위에 우뚝 선 도시의 문턱에는 길이 100미터의 호수가 바다의 맥박처럼 뛰고 있다.

『인간의 대지』

14 한 번 더 내가 이해하지 못했던 진실에 다가갔다. 나는 길을 잃었다고, 절망의 바닥을 쳤다고 믿었지만 일단 포기를 받아들였을 때는 평온을 얻었다. 사람은 그러한 시간에 자신을 발견하고 자신과 친구가 되는 것 같다. 우리 안에 있지만 알지 못하는 근본적인 필요를 충족시켜주는 만족감, 그보다 더 중요한 것은 없을 것이다.

『인간의 대지』

15 기도하는 성 도미니크 수도사에게는 커다란 존재감이 있다. 그는 가만히 엎드려 기도할 때 가장 사람답다. 현미경 위에서 숨을 참는 파스퇴르에게는 커다란 존재감이 있다. 그는 관찰할 때 가장 사람답다. 그래서 그는 앞으로 나아가고, 그래서 서두른다. 그는 움직이지 않으면서도 매우 빨리 나아가고 넓은 세상을 발견한다. 마찬가지로 자신의 스케치 앞에 말없이 부동의 자세로 서 있는 세잔에게는 헤아릴 수 없는 커다란

존재감이 있다. 그가 입을 다물고 확인하고 판단할 때보다 더 사람다울 때는 없다. 그렇게 세잔의 캔버스는 바다보다 넓은 세상이 된다.
유년의 집이 가져다준 넓은 세상, 오르콩트의 내 방이 가져다준 넓은 세상, 파스퇴르의 현미경이 가져다준 넓은 세상, 시가 열어준 넓은 세상은 하나의 문명이 주는 것만큼이나 경이롭고 연약하다. 넓다는 것은 눈을 위한 것이 아니라 영혼을 위한 것이며, 언어 없이는 넓은 세상도 없다.
『전시 조종사』

16 길을 떠난다. 아직 해가 지려면 두 시간이 남았다. 나는 선글라스를 벗고 트리폴리타니아로 향한다. 모래가 황금색으로 빛난다. 이 지구는 이토록 황량한 것이구나! 강과 녹음과 사람들의 집이란 순전히 우연의 행복한 결합인 것 같다. 암석과 모래로 뒤덮인 곳이 얼마나 많은지!
그러나 이 모든 것이 내게는 낯설다. 나는 비행의 영역에서 살고 있으니까. 사원처럼 우리를 가두는 밤이 느껴진다. 우리는 본질적인 의식의 비밀에, 출구 없는 명상 속에 갇힌다. 모든 세속적인 세상이 지워지고 사라진다. 이 모든 풍경이 아직 황금빛으로 물들어 있지만 그 안에는 사라진 무언가가 있다. 나는 이 시간보다 더 값진 것을 알지 못한다. 비행에 대한 설명할 수 없는 사랑을 경험해본 이들은 나를 이해할 것이다.
『인간의 대지』

17 잠에서 깼을 때는 연못 같은 새까만 하늘밖에 보이지 않았다. 팔짱을 낀 채로 저 빛나는 별들을 마주하고 모래언덕에 누워 있었기 때문이다. 깊이를 가늠하지 못했던 나는 현기증이 났다. 붙들 만한 뿌리도, 천장도, 이 깊은 곳과 나 사이의 어떤 가지도 없이 이미 잠수부처럼 풍덩 빠져 있었던 것이다.
그러나 완전히 빠지진 않았다. 나는 내가 목덜미에서 발꿈치까지 대지에 묶여 있다는 것을 깨달았고, 대지에 몸을 맡기면서 일종의 안도감을 느꼈다. 중력이란 것이 마치 사랑처럼 커다란 힘을 가진 듯 느껴졌다.
나는 대지가 내 허리를 떠받치고, 나를 지탱하고, 나를 일으켜 세우며, 나를 밤의 공간으로 데려가 준다고 생각했다. 나는 커브를 돌 때 몸이 차체 쪽으로 쏠리는 것과 비슷한 힘을 통해 내가 천체에 붙어 있다는 사실을 깨달았고, 그 경탄할 만한 축대, 그 견고함, 안전함을 맛봤으며, 배의 갑판 위에 올라와 있는 듯한 기분을 느꼈다.
나는 실려 가고 있다는 것을 분명히 인식하고 있었고, 대지의 깊숙한 곳에서 억지로 꿰맞춘 부품들이 불평하는 소리와 오래된 범선들이 기울어지면서 내는 신음, 역풍을 맞은 거룻배가 내는 날카롭고 긴 비명도 놀라지 않고 들을 수 있을 것 같았다. 그러나 대지의 깊은 곳에서는 침묵이 이어졌다. 내 어깨에서 조화롭고 지속적이며 일정한 그 힘이 영원할 것처럼 느껴졌다. 나는 죽은 선원들의 시신이 납덩이를 달고 바다 밑바닥에 머물러 있듯 이 조국에 살고 있는 것이 분명했다. 나는 사막에서 길을 잃고, 지독한 침묵 속에서 내 삶의 축으로부터 떨어져 나와 모래와 별 사이에 헐벗은 채로 위협받고 있는 이 상황을 생각했다. 어떤 비행기도 나를 찾아내지 못한다면, 내일 무어인들이 나를 죽이지 않는다면, 내 삶의 축을 다시 만날 때까지 며칠, 몇 주, 몇 달을 보내게 될 것이라는 사실을 알고 있었다. 이곳에서 나는 더 이상 세상의 그 무엇도 가지지 못했다. 나는 모래와 별 사이에서 오직 숨을 쉬고 있음에 안도하며 길을 잃은 유한한 존재일 뿐이었다.

그렇지만 나는 내 안이 꿈으로 가득 차 있다는 것을 깨달았다. 꿈들은 소리 없이 샘물처럼 내게 왔는데, 처음에는 나를 감싸는 그 포근함을 이해하지 못했다. 목소리도, 이미지도 없지만 정체를 반쯤 알아차릴 수 있는 아주 가까운 친구 같은 존재가 느껴졌다. 나는 눈을 감은 채로 내 기억이 부리는 마법에 자신을 맡겼다.

어딘가에 무성한 검은 전나무와 보리수, 내가 좋아했

던 오래된 집이 있는 공원이 보였다. 내게는 그곳이 멀리 있든 가까이 있든 상관없었다. 이곳에서는 꿈이 제 역할을 할 뿐이니 내 몸을 따뜻하게 감싸주거나 나를 숨겨줄 수 없어도 괜찮았다. 그저 밤을 존재감으로 채워주는 것만으로 충분했다. 나는 더 이상 사막에 쓰러진 육체가 아니었다. 나는 내가 어디에 있는지 알고 있었다. 나는 실내를 감싸는 향기, 현관의 서늘함, 생기를 더하던 목소리들에 대한 추억으로 가득한 집, 그 집의 어린아이였던 것이다. 습지 개구리들의 노랫소리가 여기, 이곳까지 나를 만나러 왔다. 나 자신을 인식하기 위해, 어떤 부재가 이 사막의 맛을 내는지 알기 위해, 개구리조차 입을 다물어버리는 천 개의 침묵이 만드는 이 고요의 의미를 알기 위해서는 수많은 지표가 필요했다.

『인간의 대지』

18 나는 나의 가지들을 혼자 힘으로 뻗었을 때만 알 수 있습니다. 가지들의 존재가 나를 숨 막히게 한다면 더 이상 자신을 표현할 수 없을 것입니다. 사람들이 자신을 드러내는 것에 더는 관심이 가지 않습니다. 비뜨홀르Vitrolles에 갈 생각입니다. 이곳에서 말라 죽느니 죽음의 위험을 감수하는 편이 백번 나을 것 같습니다. 덜 외로운 툴루즈Toulouse로 돌아가지만, 나는 고독을 갈망

합니다. 지금 나는 더러운 기계가 되어버린 것 같습니다. 미지의 양식이 필요합니다.
나는 살려달라고 살짝 비명을 질러봅니다. 누군가 이 모든 것들을 분명히 밝혀준다면 좋을 텐데 말이지요. 죽지 않고 열매를 맺기 위해서는 어떻게 해야 하는지 내게 알려주기를. 나는 지금 어디에 있습니까?
나는 선의에 취해서 뿌리 내릴 땅을 찾는 오렌지나무처럼 나아갑니다. 그러나 오렌지나무는 움직일 수 없지 않습니까. 토양을 바꿀 수는 없지 않습니까. 나는 그저 광부의 본능만을 갖고 있을 뿐입니다. 그곳에 있어야 모든 것을 알 수 있을 텐데 어디로 가야 할지 모르겠습니다. 나는 매우 서투른 나무입니다.

「넬리 드 보귀에에게 보내는 편지(1940.1.27.)」『바람과 모래와 별들』

19 편지가 뜸하다고 해서 저를 원망하지는 마세요. 저의 일상에는 중요할 만하다 싶은 일이 하나도 없습니다. 그날이 그날이지요. 내면에 대해서는 말하기가 어렵습니다. 그런 것은 어쩐지 쑥스럽게 느껴지거든요. 그런 것을 말하는 게 너무 멋 부리는 듯 느껴집니다. 그렇지만 내면이 저에게 얼마나 중요한 단 하나의 의미를 갖고 있는지 어머니는 상상도 못 하실 거예요. 내면에서 일어나는 일은 저의 모든 가치를 바꿔놓아요. 타인에 대한 판단까지도요. 누군가가 저에게 '좋은' 사

람이라고 해도 그것이 그저 값싼 연민이라면 아무 소용이 없습니다. 제가 생각하고 본 것을 세심하게 숙고하여 얻은 결과물인 글 속에서 있는 그대로의 저를 찾아야만 합니다. 그래서 저는 제 방이나 술집의 고요 속에서 저 자신을 마주하려고 합니다. 형식적인 문구나 문학적 기만을 피해 스스로를 표현하려고 노력합니다. 그래야 저 자신이 정직하고 양심적이라고 느껴지거든요. 강렬한 인상을 주거나 상상력을 자극하기 위해 시각을 왜곡하는 글에는 더 이상 고통받고 싶지 않습니다. 어머니를 짜증 나게 하는 카페 음악처럼 제 영혼에 값싼 유희를 줬던, 제가 사랑한 수많은 작가들을 사실은 경멸하고 있습니다. 더는 저에게 새해 첫날이나 명절에 보내는 상투적인 연하장 같은 글을 써달라고 하지 말아주십시오.

어머니, 저는 저 자신에게 엄격합니다. 그러니 다른 사람들의 작품을 볼 때 제가 자신에게서 부정하고 고치려 했던 것들을 거부할 권리가 있는 것이지요. 저는 이제 제가 보는 것과 쓰는 것 사이에 끼어들어 멋 부릴 생각이 전혀 없습니다. 목욕을 했다거나 자크 삼촌 댁에서 저녁을 먹었다는 이야기를 어떻게 쓸 수 있겠습니까? 그런 면에서 보면 저는 아주 냉정한 사람입니다.

『내 어머니에게 보내는 편지』

20 그는 음악 한 소절을 떠올렸다. 어제 친구들과 함께 들었던 소나타의 몇 음절 말이다. 그의 친구들은 이해하지 못했었다.

"저 음악은 우리도 자네도 지겹게 하지. 다만 자네는 그것이 지루하다고 솔직하게 말하지 못할 뿐이야."

"그럴지도 몰라……."

그가 대답했다.

그는 그때도 오늘 밤처럼 외로움을 느꼈지만 그러한 고독이 가진 풍요로움을 금세 발견했다. 시시한 사람들 속에 있는 그, 오직 그에게만 음악이 지닌 메시지가 달콤한 비밀처럼 찾아왔던 것이다. 별의 신호도 마찬가지였다. 별은 그토록 많은 사람들의 어깨 너머에서 그만이 들을 수 있는 언어로 말을 걸어왔다.

『야간 비행』

21 멀리 떨어져 있음을 가늠하게 하는 것은 거리가 아니다. 우리 집 정원을 둘러싼 담벼락이 만리장성보다 더 많은 비밀을 담을 수 있고, 사하라의 오아시스는 사막의 굵은 모래보다 어느 여자아이의 영혼의 침묵으로 인해 더 보호받을 수 있다.

『인간의 대지』

22 내가 어린아이였을 때……. 나는 먼 유년 시절로 거슬

러 올라간다. 유년, 우리는 그 거대한 영토에서 나왔다! 나는 어디서 나온 것인가? 나는 나의 유년기로부터 나왔다. 나는 하나의 국가와 같은 내 유년기에서 왔다.

『전시 조종사』

23 어떤 소리도 들리지 않았네. 우리는 우리의 육신을 새롭게 해줬던 청량함과 냄새와 습기를 맛봤지. 우리는 세상의 끝에서 길을 잃었어. 왜냐하면 우리는 이미 여행한다는 것은 무엇보다 육신을 변화시키는 일이라는 것을 알고 있었으니까.

『남방 우편기』

24 나는 언제나 사막을 좋아했다. 사막의 언덕에 앉아 있으면 아무것도 보이지 않는다. 아무것도 들리지 않는다. 그러나 침묵 속에 반짝이는 무언가가 있다.

『어린 왕자』

25 남부 사막은 타락한 민족에 대항하며, 그 창조적 빈곤 안에서 생기 넘치는 부족들이 죽음의 양식을 쟁취하러 떠나도록 준비시킨다. 나는 안주하는 사람들을 좋아하지 않는다. 그들은 어떤 대가도 치르려 하지 않고 그래서 아무것도 되지 않는다. 인생도 무르익지 않는

다. 그들에게 시간은 손에 쥔 모래와 같고, 그들의 시간은 손가락 사이로 빠져나간다.

『성채』

26 우리에게 사막이란 무엇이었을까? 우리의 내면에서 태어나는 것이었다. 우리가 자신에 대해서 배운 곳이었다.

『인간의 대지』

27 사막은 볼 것도 들을 것도 없고, 손으로 만질 수 있는 어떤 부분도 허락하지 않으므로 우리가 눈에 보이지 않는 힘에 의해 움직인다는 것을 인정할 수밖에 없다. 사막에 있으면 내면의 활동이 잠잠해지기는커녕 오히려 더 확고해지고 보이지 않는 힘이 사람을 움직이기 때문이다. 사람은 정신의 지배를 받는다. 사막에서 나는 나의 신성만큼 가치가 있다.

『어느 인질에게 보내는 편지』

28 나는 몸을 둥글게 말았다. 새벽까지 잠을 잘 것이다. 잠을 잘 수 있어서 무척 행복하다. 내 피로는 겹겹의 존재로 나를 감싼다. 나는 사막에서 혼자가 아니다. 반쯤 잠든 내게 목소리와 기억과 속삭이던 비밀들이 가득하다. 아직 목이 마르지는 않다. 편안함을 느낀다.

나는 모험을 떠나는 것처럼 잠에 빠진다. 현실은 꿈 앞에서 설 자리를 잃는다.

『인간의 대지』

29 여행이란 어떤 나라를 이해하려고 준비하는 일종의 서론이다.

「모스크바」『인생의 의미』

30 수백 명의 여행객들이 나처럼 기차의 움직임에 몸을 맡기고 편안히 객차 안에서 잠들어 있다. 그런데 저 사람들도 내가 느끼는 이 불안을 느끼고 있을까? 나는 어쩌면 내가 찾으려는 것을 발견하지 못할지도 모른다. 나는 그림같이 아름다운 것을 믿지 않는다. 여행을 많이 다녀본 나는 여행이 얼마나 우리의 기대에 어긋나는 것인지 분명히 알고 있다. 어떤 풍경이 우리를 즐겁게 해주고 호기심을 끄는 것은 우리가 그것의 본질을 파악하지 못하고 이방인의 시선으로 바라보기 때문이다. 습관, 종교적 의식, 놀이의 본질은 인생에 맛을 더하는 데 있고, 인생의 의미를 창조하는 것에 있기 때문에 그것을 이미 가졌다고 해도 세상이 더 이상 그림처럼 아름답게 보이지 않는다. 그저 자연스럽고 단순하게 보일 뿐이다. 그러나 여행은 심오한 자연을 막연하게나마 알 수 있게 해준다. 여행은 마치

우리를 향해 다가오는 여인과 같다. 군중 틈에 사라진 여인, 발견해야 하는 여인 말이다. 그 여인은 보통 사람들과 다를 바가 없다. 그러나 수천 명의 여인들을 만나면서 그 여인을 알아보지 못한다면, 그 여인을 발견하여 사랑할 수 없다면, 그것은 시간을 허비하는 일이다. 여행도 그와 같다.

「모스크바」『인생의 의미』

31 나는 파라과이의 수도 아순시온에 깔린 포석 사이로 코를 내미는 이 아이러니한 풀이 좋았다. 풀은 보이지는 않지만 분명 존재하는 원시림 편에 서서 사람들이 여전히 도시를 장악하고 있는지, 이 포석들을 모두 전복시켜야 할 시간이 아직 오지 않았는지 살핀다. 나는 풍요로움을 드러내고 있을 뿐인 그 파손된 형태가 좋았다. 나는 이곳에서 완전히 매혹되고 말았다.
모든 것이 훼손되어 있었기 때문이다. 그것도 사랑스럽게, 여러 세대를 거쳐 연인들이 찾아와 앉았다 가는 나무 벤치처럼, 세월이 흘러 금이 가고 이끼로 뒤덮인 오래된 나무처럼 말이다.

『인간의 대지』

32 이곳 사람들은 드넓은 세계를 사랑한다. 어쩌면 그들은 꿈속에서 살고 있는지도 모른다. 그들에게는 대지

의 가르침이 필요하다. 구체적인 것을 배워야만 한다. 그렇기 때문에 제도는 영원한 순례자들과 맞서 싸운다. 별을 알아보는 사람들의 내적 도전에 맞서 싸우는 것이다. 그들이 북쪽으로 남쪽으로 눈에 보이지 않는 물결을 만들며 제멋대로 나아가는 것을 막는다. 일단 혁명이 끝나고 나면 그들이 새로운 사회제도를 향해 전진하는 것을 막아야 한다. 별이 저녁노을에 불을 붙인 나라 아닌가?

그리하여 여기 사람들은 이주자들을 유혹하는 집을 짓는다. 아파트를 빌려주진 않지만 팔기는 한다. 여권 제도를 채택한다. 하늘의 불길한 징조를 너무 자주 올려다보는 사람들은 시베리아로 추방한다. 거기서는 영하 60도의 겨울이 이어지고 있으리라.

이렇게 흔들리지 않는, 새로운 인간이 창조된다. 공장에서, 공동체 속에서 사랑받는 인간이 만들어진다. 마치 프랑스의 어느 정원사가 자기 정원의 본질을 알고 있는 것처럼 말이다.

「모스크바」『인생의 의미』

33 “사막이 아름다운 건, 어딘가에 우물이 감춰져 있기 때문이야.”

『어린 왕자』

34 나는 별안간 사막이 빛나는 이유를 깨닫고 깜짝 놀랐다. 어릴 적 나는 오래된 집에서 살았고 그 집에는 보물이 숨겨져 있다는 전설이 전해져 내려왔다. 물론 보물을 발견한 사람은 아무도 없었고, 어쩌면 찾으려던 사람도 없었을지 모르지만 보물은 집 전체를 신비하게 보이게 했다. 우리 집은 깊숙한 곳에 비밀을 감춰두고 있었다…….

『어린 왕자』

35 사막이 처음에는 텅 비어 있고 침묵하는 것처럼 보이는 이유는, 어느 날 왔다가 떠나는 연인들에게 자신을 내어주지 않기 때문이다. 우리 고향의 작은 마을도 벌써 자신을 감춘다. 우리가 그곳을 위해 세상의 다른 곳을 포기하지 않는다면, 우리가 그 마을의 전통과 관습, 대립 관계 속으로 들어가지 않는다면, 누군가를 위해 이뤄진 고향의 전부를 알지 못할 것이다. 더 자세히 설명해보자면, 근처 수도원에 갇힌 남자가 낯선 규율에 따라 생활하고 있을 때, 그는 티베트의 진정한 고독 속에 사는 것과 다름없으며, 어떤 비행기도 데려다줄 수 없는 먼 곳에 있는 것이다. 우리가 어떻게 그의 감옥에 갈 수 있단 말인가! 그곳은 텅 비어 있다. 인간의 제국은 내면에 있다. 결국 사막은 모래로, 투아레그족으로, 무기를 든 무어족으로 이뤄진 곳이 아니

다…….
그러나 오늘 우리는 갈증을 경험했다. 오늘에서야 우리는 우리가 알던 그 우물이 넓은 땅으로 흘러 나간다는 것을 알게 됐다. 이처럼 보이지 않는 여인이 온 집안을 환하게 만들 수 있다. 우물도 사랑처럼 멀리 뻗어나간다.
『인간의 대지』

36 물!
물, 너는 무맛, 무색, 무향이라 사람들은 너를 정의할 수 없다. 사람들은 너를 알지도 못한 채로 너를 맛본다. 너는 생명에 필요한 것이 아니라, 생명 그 자체다. 너는 감각만으로는 도저히 설명할 수 없는 기쁨으로 우리 안에 파고든다. 우리가 포기했던 모든 능력들이 너와 함께 우리 안으로 돌아온다. 너의 은혜로 가슴 속에 말랐던 모든 샘물이 우리 안에서 다시 솟아난다. 너는 세상의 가장 커다란 재산이며, 대지의 품 안에서 그토록 순수한 너는 가장 섬세하기도 하다. 사람은 마그네슘이 섞인 샘에서 죽을 수도 있다. 사람은 염분이 가득한 호수에서 두 발짝 떨어진 곳에서 죽을 수도 있다. 이슬이 2리터가 있다고 해도 그 안에 소금이 조금 들어 있다면 죽을 수 있다. 너는 혼합물을 용납하지 않는다. 너는 변질을 견디지 못한다. 너는 까다로운 신이다…….
그러나 너는 우리의 내부에 단순한 행복을 무한히 퍼뜨린다.
『인간의 대지』

37 그러므로 나는 우리가 경험한 것을 어딘가에 남기는 게 중요하다고 생각했다. 풍습과 가정의 행사, 추억 속의 집 같은 것 말이다. 돌아오기 위해 사는 것이 중요하다고 생각했다. 그러다 내가 매달리는 머나먼 좌표의 불안함으로도 나의 실체가 위협받는다는 것을 느꼈다. 나는 진정한 사막을 알 뻔했고 오랫동안 물음을 품어왔던 신비를 이해하기 시작했다.
나는 3년 동안 사하라사막에서 살았다. 나 역시 많은 사람들이 그랬던 것처럼 사막의 마법을 꿈꿨다. 모든 것이 겉으로 보기에는 외롭고 헐벗은 듯 보이지만, 사하라사막에서 살아본 사람이라면 가장 아름다운 시간을 살았던 것처럼 그 시절을 그리워하며 눈물 흘릴 것이다. '사막의 향수, 고독의 향수, 공간의 향수'라는 말은 그저 문학적 표현일 뿐이며 아무것도 설명하지 못한다. 지금 승객들이 우글거리는 이 여객선의 뱃전에서 나는 처음으로 사막을 이해하게 된 것 같다.
분명 사하라는 모래만 단조롭게 펼쳐져 있고, 더 정확히 말해서 모래 언덕이 드물기 때문에 끝도 없이 펼쳐진 자갈밭뿐이었다. 그곳 사람들은 늘 똑같은 환경 속에서 권태감에 허우적댄다. 그러나 눈으로 볼 수 없는 신성이 방향, 경사, 신호망, 그러니까 비밀스럽고 살아 있는 근육을 만든다. 그러면 사막은 더 이상 단조롭지 않고, 모두 자신의 위치를 알게 된다. 이곳에서는 침묵조차도 다른 곳의 침묵과 다르다.

『어느 인질에게 보내는 편지』

38 그의 아래로 비상 기항지인 카르카손이 그를 비껴간다. 이 얼마나 질서 정연한 세상인가—고도 3천 미터 상공에서 내려다보는 그곳은 마치 상자 속에 잘 정리되어 들어가 있는 목장 같다. 집, 운하, 도로, 인간. 모두 장난감 같다. 바둑판무늬처럼 구획이 나뉜 세상. 들판마다 울타리가 있고 공원에는 벽이 있다. 모든 잡화상이 조상의 삶을 되풀이하며 살아가는 카르카손. 울타리 안에 소박한 행복이 있는 곳. 쇼윈도에는 인간의 장난감들이 잘 정리되어 있다.
지나치게 노출된, 거창하게 늘어놓은 쇼윈도 안의 세상, 돌돌 말린 지도 위에 나란히 놓인 도시들, 느린 대지는 조수潮水의 모습을 정확히 보여준다.
그는 혼자라고 느낀다. 고도계 표시판에 태양이 반사된다. 차갑게 빛나는 태양. 방향타를 작동시키자 풍광 전체가 방향을 바꾼다. 광물성 빛이 광물성 대지를 비추자 살아 있는 것들의 유함과 향기, 연약함이 사라진다. 그러나 이 가죽 재킷 안에는 따듯하고 연약한 베르니스의 육신이 있다. 그리고 이 두꺼운 장갑 속에는 손등으로, 손가락으로 당신, 주느비에브의 얼굴을 어루만졌던 손이 있다.

『남방 우편기』

39 저 위에서 내려다본 대지는 벌거숭이의 모습으로 죽음을 맞이한 것처럼 보인다. 그러나 비행기가 하강하면 대지는 옷을 입고, 나무들은 다시 대지의 속을 누비며, 골짜기와 언덕은 대지에 물결무늬를 새겨 넣는다. 그렇게 대지는 다시 숨을 쉰다. 산 위를 날면 산은 누워 있는 거인의 가슴처럼 기체에 닿을 듯 부풀어 오른다.

다리 아래로 사물이 급류처럼 빠르게 흐르는 듯 보이면 이제 착륙이 가까워진 것이다. 결합되어 있던 세계가 해체된다. 나무, 집, 마을이 반듯한 수평선으로부터 흩어져서 비행기 뒤로 무기력하게 날아간다.

『남방 우편기』

40 막 어두워지기 시작한 밤은 기적의 샘이 된다!

『성채』

41 우리는 담뱃불을 등불 삼아 밤의 깊은 곳으로 들어간다. 세계는 자신의 진짜 크기를 되찾는다. 포르에티엔Port-Étienne까지 가는 동안 카라반의 유목민들은 늙어버리고, 세네갈의 생루이는 꿈의 경계에 위치한다. 조금 전까지만 해도 이 사막은 신비할 것 없는 모래밭에 지나지 않았다. 지척에 마을이 있었고 인내와 침묵과 고독으로 무장한 중사는 그런 미덕이 무의미하다는 것을 느꼈다. 그러나 하이에나의 울음이 들려오고, 모래가 일어나고, 신비로움을 대신하는 부름이 있고, 무언가 태어나고, 달아나고, 다시 시작되고…….
별들은 우리에게 진정한 거리를 알게 해준다. 평화로운 삶과 충실한 사랑, 우리가 아낀다고 믿는 친구. 북극성은 다시 한번 우리에게 그것들에 이르는 길을 알려준다.

『남방 우편기』

42 쥐비곶의 해가 어둠의 장막을 거둬내자 텅 빈 무대가 나타났다. 그림자나 배경이 없는 무대. 모래언덕과 스페인 요새, 사막은 늘 제자리를 지키고 있었다. 날씨는 잠잠했고 초원과 바다를 풍요롭게 하는 작은 움직임은 없었다. 카라반을 느릿느릿 끌고 가는 유목민들은 모래 알갱이가 변하는 것을 보다가 해가 떨어지자 누구의 발길도 닿은 적 없는 곳에 천막을 쳤다. 내가 조

금만 움직였어도 사막의 이 광활함을 느낄 수 있었을 것이다. 그러나 불변하는 풍경은 내 생각을 채색 판화처럼 가둬놓았다.
그 우물은 여기서 300킬로미터 떨어진 곳에 있는 우물과 쌍을 이루고 있었다. 같은 우물, 같은 모래. 바닥에 잡힌 모래의 주름도 비슷했다. 그렇지만 그곳의 결은 새로웠다. 바닷물이 일으키는 똑같은 거품이 매 순간 새로워지는 것처럼 말이다. 바로 그 두 번째 우물에서 나는 고독을 느꼈고, 그다음 우물에서는 외따로 떨어져 있음이 신비하게 느껴졌다.
하루가 덧없이, 아무런 사건 없이 흘러갔다. 천문학자가 관측하는 태양의 움직임처럼. 몇 시간 동안 지구의 배꼽이 태양과 맞닿아 있었던 것이다. 이곳에서 말은 인류가 보장하던 신용을 잃었다. 말은 모래만을 가둘 뿐이었고, '애정' '사랑' 같은 무거운 낱말들도 마음에 어떤 짐도 되지 않았다.

『남방 우편기』

43 밤이 깊었다. 나는 세계의 어둠 속에서 잠든 도시와 주변 불빛들이 하나씩 꺼지는 모습, 그리고 검은 얼룩 같은 사막의 야영 부대를 보기 위해 이 고장에서 가장 높은 곳에 올라갔다. 나의 군대가 전진할 수 있다는 것, 도시가 화약고처럼 닫혀 있다는 것을 고려해 탐색

을 하고 싶었다. 군대가 하나의 축을 중심으로 집약되어 있는 모습이 떠올랐다가 다른 장면이 뿌리를 내렸다. 같은 소재들을 연결해보았지만 그것이 무엇인지는 아직 알 수 없었다. 나는 어둠 속에서 이 신비한 꿈틀거림의 의미를 읽으려고 했고, 그것은 예견하기 위해서가 아니라 지배하기 위해서였다. 보초병 몇 사람을 제외하고는 모두 잠이 들었다. 무기도 잠들어 있었다. 그러나 당신은 시간의 강을 항해하는 배다. 알을 품는 시간 같은 아침, 한낮 그리고 저녁의 빛이 사물을 약간씩 진전시키면서 당신을 지나간다. 뜨거운 태양이 지고 나면 밤의 조용한 도약이 찾아든다. 풍요로운 밤은 꿈을 위한 것. 저절로 치유되는 살처럼, 혼자 생성되는 진액처럼, 보초병이 매일 걷는 걸음처럼 저절로 이뤄지는 작업만이 영속하니까. 밤은 하녀들의 것. 주인은 잠이 들었으니까. 밤은 실수를 바로잡기 위한 것. 결과를 낮으로 미룰 수 있으니까. 나는 밤에 승리자가 되면, 그 승리를 낮으로 미룬다.

수확을 기다리는 포도송이의 밤, 밤에 의해 보류된, 곧 다가올 추수의 밤. 날이 밝으면 풀어줄 포로들의 밤. 도박꾼들이 잠들어버린, 이미 끝난 도박판의 밤. 상인은 잠을 자러 가면서 파수꾼들에게 밤새 100보를 더 걸으며 지켜야 한다고 일러뒀다. 장군은 잠을 자러 갔지만, 파수꾼에게 밤을 지키라고 명령을 내렸다. 선장도 잠을 자러 갔지만 키잡이에게 명령을 내렸고, 키잡이는 돛대 주변을 맴돌며 오리온성좌를 있어야 할 자리로 데려간다. 명령이 곧잘 전달되는 밤, 창조가 멈춰진 밤.
그러나 밤은 사람들이 속임수를 쓰는 시간이기도 하다. 도둑들은 과일을 훔치고, 곳간에서는 불이 나고, 반역자는 성채를 점령하는 밤. 비명이 울려 퍼지는 밤. 암초가 배를 노리는 밤. 선구자가 찾아오는 밤. 신이 깨어 있는 밤, 당신이 사랑했던 밤이기에 당신은 도둑처럼 잠들지 않고 그 밤을 기다릴 수 있다!
척추가 갈라지는 소리를 듣는 밤. 언제나 그렇듯, 나의 백성들 속에 섞여 있는 것처럼 느껴지는, 언젠가 날아가 버릴, 알려지지 않은 천사의 목소리처럼 척추가 갈라지는 소리를 들었던 밤.
씨앗을 받아들이는 밤.
신이 인내하시는 밤.

『성채』

44 부족들이 화해하고, 시원한 저녁 바람이 불고, 조용한 항구에 배들이 닻을 내리고 쉬면 평화로운 침묵이 찾아온다. 태양이 사고와 움직임을 멈추면, 정오 같은 침묵이 찾아온다. 북풍이 수그러들고, 사막 안쪽 오아시스에서 꽃가루처럼 떨어져 나온 곤충들이 나타나며,

동쪽에서 모래를 동반한 폭풍이 불어온다는 것을 알려오면, 그것은 거짓 침묵이다. 멀리서 어떤 부족이 들끓고 있을 때는 음모의 침묵이고, 아랍인들끼리 알 수 없는 음모를 꾸밀 때, 그것은 신비의 침묵이다. 기다리는 전령이 오지 않을 때는 긴장된 침묵이고, 밤에 무슨 소리를 듣고자 숨을 죽일 때는 날카로운 침묵이다. 그리고 사람들이 사랑하는 이를 회상할 때, 그것은 우울한 침묵이다.

『어느 인질에게 보내는 편지』

45 나는 마을에서 보낸 그 이상한 밤에 많은 것을 이해한 듯했다. 고요는 놀라운 특성을 가지고 있다. 아주 작은 소리도 커다란 종소리처럼 공간 전체를 채우니 말이다. 아무것도 낯설지 않다. 가축의 울음소리도, 멀리서 들려오는 부름도, 문이 닫히는 소리도 없다. 모든 것이 내면에서 일어난 일처럼 지나간다. 사라져 버릴지도 모르는 감정의 의미를 서둘러 붙잡아야 한다.

『전시 조종사』

46 이제 나는 문명이 무엇인지 조금은 알 것 같다. 문명은 몇 세기를 거쳐 천천히 획득한 믿음과 관습, 지식의 유산이며, 이런 것들은 때때로 논리로는 정당성을 증명하기 어렵지만, 어딘가로 우리를 안내하는 길처

럼 인간의 내면을 넓혀주기 때문에 그 자체로서 정당화된다.

『전시 조종사』

47 나쁜 문학은 우리에게 도피의 필요성을 말한다. 물론 우리는 더 넓은 곳을 찾아 여행을 떠나기도 하지만, 넓은 세계는 만들어지는 것이지 찾는 것이 아니다. 도피는 어느 곳으로도 우리를 데려가지 못한다.

『전시 조종사』

48 나는 길과 의식 또는 시를 판단할 때, 그것이 어떤 인간에게서 나왔는지를 본다. 혹은 그의 심장박동 소리를 듣거나.

『성채』

49 너무 멀어 거의 비현실적으로 느껴지는 극단의 풍경들, 추억이 생생하게 살아 있는 어린 시절의 집이나 사는 곳 외에는 아무것도 모르는 친구 같은 것들이 사막에 자성을 띠게 한다.

이처럼 당신은 당신을 당기거나 미는 힘, 당신을 부추기거나 막는 자계의 힘으로 긴장과 활력을 느끼게 된다. 당신은 이제 방위의 기점이 되는 한가운데에 제대로 자리를 잡고 확실히 방향을 정한 채 굳건히 서 있는 것이다.

『어느 인질에게 보내는 편지』

50 자신이 짠 그물 한가운데에 버티고 있는 곤충처럼 방사상 도로 중심에 버티고 있는 이 도시는 겉으로 봤을 때는 다른 도시와 별 차이가 없다. 이 도시 역시 보통의 도시들처럼 평야의 곡식과 열매를 도로를 통해 운반하며 살아간다. 나도 이 도시를 생각하면 느긋하게 식사하는 가족들 외에 다른 장면을 상상할 수 없다. 그러나 그런 식사를 위해 이곳 사람들은 수 세기 동안 땅을 개척하고, 숲을 개간하고, 논과 밭을 나누고, 곡식과 과일을 운반할 도로를 확장해왔다. 그리고 이런 식으로 형성된 땅의 모습은 앞으로도 거의 달라지지 않을 것이다. 이미 오래된 풍경이다. 나는 이 도시가 그렇듯 벌 떼들도 꽃밭에 벌집을 짓기 시작하면서 평화를 알게 된다는 사실을 생각해본다. 그러나 인간의 서식지에 평화는 결코 어울리지 않는다.

비극을 알기 위해서는 그 장소를 찾아야 한다. 비극은 눈에 보이는 세계가 아닌 인간들의 의식 속에서 전개된다. 행복한 도시, 페르피냥에서도 병실 창가 침대에 누워 있는 암환자는 잔혹한 솔개의 부리를 피하듯 고통을 피하려 몸을 이리저리 뒤척이지만 소용없다. 그러나 이러한 일이 도시의 평화로운 모습을 바꾼다. 모든 고통이나 열정이 다른 곳으로 전파되고 보편적 중요성을 갖게 된다는 것이 바로 인류의 기적이기 때문이다.
어떤 사람이 다락방에 틀어박혀 지낸다고 해도, 그가 아주 강렬한 욕망을 키운다면 자신의 다락방에서 세상으로 그 열의를 전할 수 있다.

「피로 물든 스페인」『인생의 의미』

51 글쓰기는 너 자신을 조금이나마 알게 해주고, 그리하여 너를 변화시키며, 희망을 품게 해준다.

『성채』

52 완벽한 시는 너의 근육 하나하나를, 너의 모든 것을 자극하며 행위 속에 존재한다. 그것이 바로 나의 의식儀式이다.

『성채』

53 어제저녁 에우세비오의 승리를 기념하는 파티에 참석했습니다. 그는 식장을 가득 채운 사람들 앞에서 종탑보다 더 가파른 산을 어떻게 올라갔는지 이야기했지요. 그는 무심코 그의 영웅적 행위를 말했고, 나이 든 여자들은 그의 이야기에 전율했습니다. 이야기는 나쁘지 않았어요. 그렇지만 그의 묘사는, 리네트……. 그

는 장엄한 산 정상, 하늘, 여명, 석양을 과일 잼과 사탕의 달콤한 색으로 표현했지요. 아침에 떠오르는 첫 햇살을 받은 산꼭대기는 장밋빛으로, 지평선은 유백색으로, 바위는 황금빛으로요. 그 경치는 정말 먹을 수도 있을 것 같았습니다. 그러다가 당신이 쓴 글을 읽으니 간결하다고 생각되더군요. 리네트, 열심히 해야 합니다. 당신의 글은 특별한 무언가를 이끌어내고, 그것은 고유한 생명력을 가졌어요. 에우세비오의 대상들은 추상적으로 남아 있지요. '산 정상과 석양과 여명' 뿐이고, 액세서리를 파는 가게에서 나온 것 같아요. 그가 풍경을 그릴수록 이야기는 더 평범해질 뿐입니다. 그의 방식이 별로이든지 그게 아니라면 시선이 부재하는 것일 수도 있겠습니다. 어떻게 쓰느냐를 배워야 하는 게 아니라 어떻게 보느냐를 배워야 합니다. 글쓰기는 그에 따른 결과이니까요. 그는 어떤 대상을 선택하여 그것을 미화하려고 노력해요. 그가 덧붙인 형용사는 그림을 그릴 때 색을 덧칠하는 것과 같지요. 가장 중요한 본질을 끌어내지 못하고 장식만 하고 있어요. 산 정상을 말할 때 그는 신과 보라색과 독수리를 말하지요. 그러면 당신은 점차 기대했다가, 감동을 받았다가 당황하고 맙니다. 그것이 속임수이지요. '내가 받은 이 느낌을 어떻게 전달해야 할까?'를 생각해야 합니다. 대상은 당신의 내면에서 일어나는 반응으로부터 탄생합니다. 마음속 깊이 들어가 묘사해야 하지요. 그렇게 되면 더 이상 놀이가 아닌 것입니다.
내가 당신에게 에우세비오의 이야기를 한 것은 그의 결점이 당신이 가꿔나가야 할 당신의 장점을 대조적으로 잘 드러내주기 때문입니다. 늘 당신이 받은 인상으로부터 시작하세요. 그것은 절대 진부할 수 없어요. 당신의 이야기를 긴밀하게 연결할 수 있을 것입니다. 조각조각 덧붙이는 게 아니라요. 도스토옙스키의 독백을 보세요. 앞뒤가 맞지 않지만 필연적이고 논리적이며 품위 있는 느낌을 줍니다. 독백 안에 맥락이 있으니까요. 다른 글 속에서 심리적으로 잘 구성되어 내면의 논리가 탄탄한 인물들이 터무니없는 말과 행동을 하는 경우가 얼마나 많습니까? 그것은 에우세비오의 산처럼 인위적으로 만들어졌기 때문이지요. 사람들은 장단점을 결합하며 이야기를 끌어내 살아 있는 인물을 창조하는 게 아니라, 그들이 받았던 느낌을 설명하려 듭니다. 기쁨처럼 단순한 감정도 표현하는 게 쉽지 않습니다. 당신이 당신의 주인공을 '그는 기뻤다'라는 말로 표현하는 데 만족할 수 없다면 기쁨처럼 단순한 감정도 표현하는 게 너무 어려운 것이지요. 그런 말은 아무런 의미도 없고 개별성도 없고요.
어떤 기쁨도 다른 기쁨과 같을 수는 없습니다. 그러니까 표현해야 할 것은 바로 그 기쁨의 차이, 특유의 모습이어야 합니다. 그렇다고 현학적인 말로 기쁨 자체를 설명하려 해서는 안 됩니다. 그러니까 기쁨을 묘사하되 그것이 미치는 영향, 개인의 반응에 따라야 하는 것입니다. 그렇다면 당신은 '그는 기뻤다'라고 말할 필요도 없겠지요. 그런 기쁨은 당신이 느꼈지만 어떤 단어로도 정확하게, 적합하게 설명할 수 없는 기쁨처럼, 그 자체로 독자적인 개성을 갖고 있는 것이지요. 만일 기쁨이란 단어가 주인공의 기쁨을 표현하기에 충분하다고 생각한다면, 그것은 그 단어가 인위적이며, 당신이 더 이상 그것에 대해 할 말이 없다는 뜻이기도 합니다.

『젊은이의 편지』

54 의식한다는 것은 먼저 스타일을 갖게 되는 것이다. 의식한다는 것은 결코 잠들어 버릴 생각의 잡동사니를 받아들이는 게 아니다.

너의 지식은 중요하지 않다. 그것은 물건을 만들거나, 다리를 놓거나, 금괴를 캐거나, 중심지까지 가는 데 얼마나 걸리는지 알려주는 수단으로서만 쓸모 있을 뿐이다. 의식한다는 것은 너의 어휘를 증대시키는 일이 아니다. 어휘의 증대는 나와 비교하며 지금 네가 느끼는 질투를 이용해 너를 더 멀리 가게 해주는 것 말고는 다른 목적을 지니고 있지 않다. 너의 행동 방식의 품위를 보증할 수 있는 유일한 것은 역시 네가 지니고 있는 너만의 품격 있는 스타일이다.

『성채』

55 구체적인 사실의 진실은 단어의 진실이다. 내가 당신에게 '안뜰' '포석' '장작' '울려 퍼지다' 같은 단어를 아무렇게나 던져주고 무언가를 만들어달라고 한다면, 당신은 거부할 것이다. 그 단어들은 감동을 줄 수 있는 힘이 없으니까. 그렇지만 만약 보들레르가 이 단어들을 소재로 쓴다면, 당신에게 엄청난 이미지를 만들 수 있다는 것을 보여줄 것이다.

"안뜰의 포석 위로 쓰러지며 울리는 장작……."

우리는 '안뜰' '장작' 또는 '포석' 같은 단어들로 '가을'과 '달빛'만큼이나 감동을 받는다. 그래서 나는 작가가 '잠수의 압력' '자이로스코프' '조준선'이란 말을 쓴다고 해서 '사랑의 추억'만큼 우리의 마음을 사로잡을 수 없는 것인지 잘 모르겠다.

『잘 들어, 바람!』*의 서문

56 너에게 하나의 거대한 풍경을 보여주겠다. 가까이 다

* 1939년에 출간된 앤 모로 린드버그의 책. 생텍쥐페리는 이 책의 서문을 썼다.

가가면 보이는 것이 아니라 조금씩 멀어질수록 전체가 선명해지는 풍경 말이다. 조각가의 진실도 그렇다. 코가 나타나고, 다음에는 턱이, 귀가 보이는 조각을 본 적이 있는가? 창작은 언제나 단번에 드러나는 모습이지 점진적인 추론이 아니다. 조각내는 것은 창조된 그림 주변에 모여들어 논평하고 움직이며 무리를 형성하는 군중의 일이다.

『성채』

57 문제는 당연히 실제와 글의 관계에 있다. 아니 조금 더 자세히 말하자면, 실제와 사상의 관계 속에 있다. 감정을 어떻게 전달할 것인가? 본질이란 무엇인가? 이 본질 역시 나에게는 대성당의 홀에 사용된 자재와 돌무더기에서 빠져나온 석재가 구별되는 것과 같다. 사람들이 외부 세계와 내면의 세계를 파악하고 표현하고 전달하려고 하는 것은 바로 관계이며, 물리학자들의 말을 빌리자면 '구조'이다. 시적 이미지를 생각해보자. 그것의 가치는 사용한 단어가 아니라 다른 면에 있다. 그 가치는 우리가 결합하고 비교하는 두 가지 요소 중 어느 곳에도 있지 않고, 그것이 명시하는 관계의 형식이나 구조가 우리에게 부여하는 특별한 내적 자세에 있다. 이미지는 독자를 연결하는 행위인 것이다. 우리는 독자에게 감동을 주려고 하지 않는다. 그저 그들을

매혹할 뿐이다.

『잘 들어, 바람!』의 서문

58 조각가는 자기 작품의 무게로 무거워진다. 그가 어떻게 작품을 빚어내는지는 중요하지 않다. 한 땀 한 땀 정성을 다해, 실수에 실수를 거듭하며, 모순에 모순을 거쳐 진흙을 이용해 창작의 길로 곧장 나아간다. 지성도 판단도 창작자가 아니다. 조각가가 오직 과학과 지성만으로 작품을 만든다면, 그의 손은 재능을 잃어버리게 될 것이다.

『전시 조종사』

59 침묵은 품격의 유일한 표적이다.

『성채』

60 나는 침묵의 찬가를 쓰겠다. 너는 결실의 음악가다. 너는 지하실, 저장고, 곡식 창고에 산다. 너는 꿀벌들이 부지런히 모아 놓은 꿀과 같다. 너는 바다에서 보내는 충만한 휴식이다.

침묵이여, 너는 산꼭대기에 있고 나는 그 안에 도시를 가둔다. 조용한 짐수레, 그 외침, 모루의 울림. 밤의 항아리에 담긴 모든 것이 움직임을 멈춘다. 신은 뜨거운 이마를 짚어주고 들썩이는 어깨에 외투 자락을 덮어준다.

『성채』

61 침묵은 사상 그 자체다. 꿀벌의 휴식이다. 꿀은 만들어진 것이지 누가 숨겨놓은 보물이 아니기 때문이다. 그리고 성숙해진 침묵, 날개를 준비하는 사상의 침묵이다. 너의 정신 또는 마음속에서 흔들리는 것은 좋은 것이 아니니까.

『성채』

62 신의 침묵은 모든 배가 정박하는 항구다.

『성채』

63 창조는 신을, 태양은 열매를 닮았고, 시는 시의 대상과 비슷하며, 내가 당신 안에서 발견한 인간은 왕국의 의식과 닮았다.

『성채』

64 나는 한 가지 자유밖에는 알지 못한다. 그것은 바로 영혼의 수련이다.

『성채』

65 존재하는 모든 것은 자유롭다.

『성채』

66 그러나 나는 고독이 무엇인지 안다. 사막에서 보낸 3년은 내게 고독의 맛을 가르쳐줬다. 광물로 둘러싸인 이 풍경 속에서 우리는 젊음이 소모되는 것을 두려워하지 않는다. 오히려 그와는 다르게, 세상 전체가 늙어가는 것처럼 보인다.

『인간의 대지』

67 인간은 공허한 언어를 가지고 있다. 언어는 다시 한번 인간에게 재갈 같은 것이 될 것이다. 인간을 울리는 잔인한 말이 되기도 하고, 인간의 마음을 환히 밝혀 주는 노랫말이 되기도 할 것이다.

『성채』

68 분명 나는 지금 어떤 사랑도 느끼지 못한다. 그렇지만 오늘 저녁 내 안에서 무언가 깨어난다면, 그것은 내가 보이지 않는 건축물에 나의 돌들을 힘겹게 날랐기 때문일 것이다. 나는 축제를 준비한다. 내 안에 내가 아닌 다른 존재가 갑자기 나타났다고 말할 수는 없을 것이다. 내가 아닌 그 다른 존재는 내가 쌓아 올린 것일 테니까.

『전시 조종사』

69 이제 그는 밤의 한가운데에서 파수꾼처럼 밤이 인간을 보여준다는 사실을 깨닫는다. 저 부름들, 저 불빛들, 저 불안. 어둠 속의 저기 저 별은 고립된 집을 가리킨다. 별 하나가 졌다. 그것은 사랑 위로 문을 닫는 집이다. 그게 아니면 자신의 권태 위로. 그것은 세상을 향해 신호 보내기를 멈춘 집이다. 작은 탁자 위 램프 앞에서 팔을 괸 농부들은 자신들이 무엇을 바라는지 알지 못한다. 그들은 그들을 가두는 커다란 밤 속에서 자신들의 욕망이 얼마나 멀리 갈 수 있는지 알지 못한다. 그러나 파비앙은 천 킬로미터를 날아와 깊은 바다의 물결이 숨 쉬는 비행기를 들어 올렸다가 내리는 것을 느낄 때, 전쟁 중인 나라 같은 열 번의 폭우를 통과하고 그사이에 달빛이 비치는 공터를 지날 때, 승리감에 취해 불빛을 하나씩 만날 때 그것을 발견했다. 사람들은 그들의 등불이 초라한 식탁만을 밝힌다고 생각하지만, 그들로부터 80킬로미터 떨어진 곳에서는 마치 바다 위 황량한 섬에서 절망적으로 흔들리는 것 같은 그 불빛의 신호에 이미 감동하게 된다.

『야간비행』

70 어제 바닷물에 끝없이 씻겨 나가는 황량하고 텅 빈 해변을 보면서 우리가 그 해변과 비슷하다고 생각을 했네. 나는 우리가 정말 존재하는지도 잘 모르겠어. 자

네는 봤겠지, 어느 저녁 서글프게 해가 질 무렵 반짝이는 해변 속으로 스페인 요새가 침몰하는 것 말이야. 신비로운 푸른색이 투영된 요새의 모습은 그 요새의 실제 모습과 같은 것이 아니었지. 그건 자네의 왕국이었네. 아주 현실적이지도 않고, 너무 확실하지도 않은…….

『남방 우편기』

71 오직 방향만이 의미를 지니고 있다. 중요한 것은 도착하는 것이 아니라 어딘가로 향해 가는 것이다. 왜냐하면 우리는 죽음 외에는 다른 어떤 곳에도 이르지 못하기 때문이다.

『성채』

IV

석양이 질 때

1 지금까지 살아오면서 가끔 행복했던 적은 있었습니다. 다만 그 행복이 오래가지 않았을 뿐이에요. 나는 왜 아침 한나절조차도 계속 행복을 느끼지 못하는 것일까요? 가장 마음을 짓누르는 것은 지금 내가 바라는 것이 아무것도 없다는 사실입니다.
내 슬픔은 손에 잡히는 것이 아닙니다. 나는 사회적인 고뇌를 참을 수가 없어요. 마치 소라에 가만히 귀를 대면 들리는 소리처럼 내 안이 소리로 가득 차서 터지기 일보 직전입니다. 어떻게 해야 혼자만의 힘으로 행복해질 수 있는지 모르겠습니다. 그래도 우편 항공기를 탈 때는 삶이 즐거웠던 것 같아요. 얼마나 아름다웠습니까? 그러나 이제 이런 불행을 더는 견딜 수가 없습니다.
아무런 믿음도 없이, 이토록 우스꽝스러운 방 안에 갇힌 삶, 그리고 결코 내일이 오지 않는 삶. 나는 이런 심연을 더는 견딜 수 없습니다.

「넬리 드 보귀에에게 보내는 편지(1944)」『바람과 모래와 별들』

2 저녁이 되자 나는 말 못 하는 천사에게 업혀 땅에 내려온 사람처럼 아는 사람 하나 없는 비탈길을 따라 산에서 내려왔다. 밤은 늙어가는 나를 위로했다. 나는 가지가 무거운 나무가 된 것 같았고, 시간이 만진 것처럼 이미 손가락에 굳은살과 주름이 생겨서 쉽게 상처 입

지 않게 되었다. 나는 말했다. "이렇게 늙어버린 인간이 폭군처럼 고문의 냄새로 겁을 줄 수 있겠는가? 그것이 비록 상한 우유 냄새라 할지라도 말이다. 사람의 내면에 있는 것이 무엇이든 간에 왜 그것을 바꾸려고 하는가? 한 오라기 실로 겨우 버티는 누더기 겉옷이 전부이면서. 나는 그렇게 이미 사람들의 기억 속에 정리되었다. 내게는 어떤 배반도 더 이상 의미가 없다." 그러자 마치 굳은 육체가 보이지 않는 날개로 바뀐 것 같은 해방감이 찾아왔다. 마침내 나 자신으로부터 다시 태어나 내가 그토록 오랫동안 찾았던 대천사와 함께 산책하는 것만 같았다. 마치 나를 감싸고 있는 늙음을 버리고, 믿을 수 없을 만큼 젊어진 나를 발견한 것 같았다. 그 젊음은 열정이나 욕망으로 만들어진 것이 아니라 놀라운 평온으로 만들어진 것이었다. 새벽부터 소란한 삶이 아닌 영원에 이른 이의 젊음이었다. 젊음은 공간이자 시간이었다. 무언가가 되어야 하는 상태를 끝내고 난 후 영원에 이른 것 같았다.

『성채』

3 "'덧없다'라는 말은 무슨 뜻인가요?"

한번 질문을 시작하면 물러나는 법이 없는 어린 왕자가 다시 물었다.

"머지않아 사라질 위험이 있다는 뜻이야."

"그러면 내 꽃도 사라질 위험이 있다는 것인가요?"
"당연하지."
어린 왕자는 '내 꽃이 덧없는 것이구나' 하고 생각했다. '그 꽃은 가시 네 개만으로 세상과 맞서 싸워야 하는데! 내가 집에 혼자 두고 왔구나!' 그때 그 마음은 어린 왕자가 처음으로 느껴본 후회였다.

『어린 왕자』

4 "미국이 정오일 때 프랑스에서는 해가 진다는 걸 누구나 알고 있지. 단숨에 프랑스로 달려갈 수만 있다면 해 지는 것을 볼 수 있을 거야. 그런데 안타깝게도 프랑스는 너무 멀리 있어. 그러나 너의 작은 별에서는 몇 걸음 뒤로 물러나 의자를 놓기만 하면 됐지. 그러면 네가 보고 싶을 때마다 석양을 볼 수 있었던 거야……."
"어떤 날은 해가 지는 것을 마흔네 번이나 봤어."
그리고 너는 잠시 후에 이렇게 덧붙였지.
"그거 알아……? 너무 슬프면 해 지는 것을 보는 게 좋아져……."
"그러니까 지는 해를 마흔네 번 본 날에는 네가 그렇게 슬펐던 거야?"
그러나 어린 왕자는 답이 없었다.

『어린 왕자』

5 리비에르는 곧 그 비행기의 소리를 듣게 될 것이다. 밤은 밀물과 썰물 그리고 신비로 가득 찬 바다가 오랫동안 들고 다녔던 보물을 해변에 가져다 놓듯이 벌써 비행기 한 대를 내놓았다. 그리고 잠시 후면 밤으로부터 나머지 두 대도 돌려받을 수 있을 것이다. 그러면 오늘의 일과가 완전히 마무리될 것이다. 지친 승무원들은 생기 넘치는 승무원들과 교대하고 잠을 청하러 갈 것이다. 그러나 리비에르는 쉴 수 없을 것이다. 이번에는 유럽행 우편 항공기가 걱정을 안겨줄 테니까. 언제나 그런 식이었다, 언제나. 그 늙은 투사는 처음으로 자신이 지쳤음을 깨닫고 놀랐다. 비행기의 도착은 절대 전쟁을 끝내고 행복한 평화의 시대를 여는 승리가 되지는 못할 것이다. 그에게 그것은 이전에 내디뎠던 수많은 비슷한 걸음에 앞서 내디딘 한 걸음에 지나지 않을 것이다. 리비에르는 자신이 오랫동안 팔을 뻗어 무거운 짐을 들고 있는 것처럼 느껴졌다. 쉼도 기대도 없는 노력 말이다. "늙었군……." 하나뿐인 행위에서 양식을 찾아내지 못한다면, 그에게 그것은 늙어간다는 뜻이었다. 그는 한 번도 생각하지 못했던 문제를 숙고하고 있다는 사실에 놀랐다. 그가 늘 거리를 뒀던 달콤한 감정들이 잃어버린 바다처럼 커다란 덩어리가 되어 우울한 푸념과 함께 자신에게 돌아오고 있었다. "모든 것이 이토록 가까이 있었던가?" 그는 인

간이 살아가는 데 즐거움을 주는 것들을 '시간이 있을 때' 누리기 위해 노년으로 늘 조금씩 미뤄놓았다는 사실을 깨달았다. 마치 언젠가는 정말 시간을 가질 수 있는 것처럼, 마치 삶의 끝에 이르면 우리가 상상하는 지복의 평화를 얻을 수 있는 것처럼 말이다. 그러나 평화는 없다. 어쩌면 승리도 없을지 모른다. 모든 우편 항공기의 최종 목적지는 존재하지 않는다.

『야간 비행』

6 어머니, 어머니는 단순한 풀밭이 얼마나 감동을 주는지 모르실 거예요. 그러나 가슴을 찌르는 전축만큼은 아닐 것입니다.

맞아요. 지금도 전축이 돌고 있어요. 정말이지 저 오래된 노래들이 가슴을 아프게 합니다. 너무 달콤하고, 부드러운 노래예요. 그곳에서 우리가 참 많이 들었던 곡들이죠. 노래들이 다시 찾아와 저를 사로잡습니다. 즐거운 곡에는 잔인한 반어법이 있어요. 짧은 음악들은 감동적입니다. 저는 눈을 감고 저의 의지와는 상관없이 대중적인 춤을 떠올립니다. 브레스 지방의 오래된 여행용 궤짝과 초 한 박스, 그게 아니라면 마농Manon도…….

이상해요. 이런 노래를 들으면 부자들이 지나가는 것을 보는 부랑인처럼 증오심이 생깁니다. 이 모든 음악이 이런 행복을 상기시켜 주는 것입니다.

『내 어머니에게 보내는 편지』

7 콘수엘로, 당신도 알다시피 나는 마흔두 살이나 되었소. 그동안 많은 사고를 겪었지. 이제 나는 낙하산을 타고 뛰어내릴 수도 없어. 이틀, 사흘마다 간이 아프고, 이틀 간격으로 뱃멀미를 한다오. 과테말라에서 있었던 사고 이후로는 귀에서 윙윙거리는 소리가 들리고 말이야.
게다가 금전적인 걱정도 끝이 없어. 잠이 오지 않으면 일을 하며 밤을 보내는데 나의 모든 걱정이 임무 완수를 방해해. 마치 산을 옮기는 것처럼 힘들어. 너무 피로하고, 이제 정말 지친 것 같아.
그래서 나는 떠나기로 했어. 남아 있어야 할 모든 이유를 가진 내가, 개혁해야 할 동기를 열 가지도 넘게 가진 내가, 이미 전쟁을 경험한 내가 떠나야 한단 말이지……. 나는 참전하기로 확고히 결심했어. 전쟁을 하러 떠날 거야. 내가 굶주린 사람이 아닌 것이 견딜 수 없이 고통스러워. 내 양심의 평화를 얻는 유일한 방법은 가능한 가장 커다란 고통을 찾아가는 거야.
「콘수엘로에게 보내는 편지(1944)」『편지(1930-1944)』

8 전쟁 중에 죽어도 상관없습니다. 내가 사랑했던 것 중에 무엇이 남겠습니까? 사람들만큼이나 내가 사랑했

던 풍습, 누구도 대신할 수 없는 말투, 정신적 고양, 프로방스 농가의 올리브나무 아래에서 먹는 점심 식사 같은 것 말입니다. 물론 헨델의 음악도요.

「X장군에게 보내는 편지」『인생의 의미』

9 전시 조종사가 얼마나 비행했는지를 돈으로 환산한다면, 이 직업에서 의미 있는 것은 아무것도 얻지 못할 것입니다. 제 직업이 생계 수단인 동시에 저를 어떤 것의 일부로 만들지 않는다면 이 일은 아무 의미도 없을 것입니다.

어떤 비행선의 조종사, 어느 정원의 정원사, 어느 대성당의 건축가, 프랑스라는 나라의 군인. 우리의 새로운 비행선이 마음을 풍요롭게 해준다면, 그것이 우리에게 재능을 발휘하도록 요구하기 때문일 것입니다. 비행선은 우리의 재능으로부터 탄생했습니다. 그리고 그렇게 탄생한 비행선이 우리를 태어나게 합니다.

만약 오늘 제가 동료를 만난다면 저는 그에게 이렇게 말할 것입니다. "자네, 기억하는가……?" 우리가 같은 재능으로 서로 연결되어 있었던, 우리가 서로를 사랑했던 아름다운 날들이었습니다.

「젊은 미국인들에게 보내는 편지」『전쟁 기록』

10 전쟁이 일어나고 나는 변했습니다. 내가 흥미를 느꼈

던 모든 것들을 경멸하게 됐어요. 기묘한 병에 걸린 것입니다. 거의 모든 시간에 완벽히 무관심해지는 병 말입니다. 책을 끝내고 싶을 뿐이에요. 그것이 내가 바라는 전부입니다. 나는 책 작업과 나 자신을 맞바꿨습니다. 마치 닻을 내린 것처럼 그 일이 내 안에 박혀 있지요. 다음 생을 살게 된다면 이런 질문을 받을지도 모릅니다.
"너는 너의 재능을 어떻게 썼으며 너의 인류에 어떤 영향을 미쳤는가?"

「넬리 드 보귀에에게 보내는 편지(1941.9.8.)」『바람과 모래와 별들』

11 나는 나의 나무를 완전하게 만들고 싶습니다. 기요메도 떠났고, 나 역시 나의 나무를 빨리 완성하고 싶어요. 나는 내가 아닌 다른 것이 되고 싶습니다. 그것도 빨리 되고 싶어요. 나는 더 이상 나 자신에게 관심이 없습니다. 내 치아와 오장육부, 그 외의 모든 것들이 썩고 있지만 내 육체는 진정한 관심의 대상이 아닙니다. 죽을 때가 오면 완전히 다른 것이 되고 말겠지요. 어쩌면 이 모든 것이 쓸데없는 일인지도 모르겠습니다. 그렇지만 하찮은 생각이라고 해도 상관없습니다. 내 책에 대해서 내가 틀린 것인지도 모르겠지만, 어쩌면 평범하고 지루한 책이 될지도 모르겠지만, 그것이 내가 될 수 있는 최상입니다. 나는 더 나아져야 합니

다. 전쟁에서의 죽음보다 더 나아져야 합니다.

「넬리 드 보귀에에게 보내는 편지(1941.9.8.)」『바람과 모래와 별들』

12 나는 더 이상 늙지도 젊지도 않습니다. 나는 젊음에서 노년을 향해 가는 길목에 있는 사람입니다. 나는 완성되지 않은 어떤 것입니다. 나는 노화 그 자체입니다. 장미는 꽃봉오리가 열리고 활짝 피고 지는 것이 아닙니다. 그런 말은 학교에서나 하는 설명일 뿐이지요. 장미가 무엇인지 분석하는 일이 장미를 죽게 만듭니다. 장미는 순차적으로 이어지는 어떤 상태가 아닙니다. 장미는 조금 쓸쓸한 축제입니다.

「넬리 드 보귀에에게 보내는 편지(1939.12.21.)」『바람과 모래와 별들』

13 어머니, 이 방 안에서 저는 너무 외롭습니다. 그렇다고 제가 감당할 수 없는 우울함에 빠졌다고 생각하지는 마세요. 문을 열고 모자를 던지면 언제나 손가락 사이로 빠져나가는 하루가 느껴져서 그러는 것이니까요. 만일 매일 편지를 썼더라면 행복했을 겁니다. 그랬다면 무언가는 남아 있을 테니까요.

『내 어머니에게 보내는 편지』

14 밤중에는 명상을 합니다. 제가 저 자신이 불쌍해서 눈물을 흘린다고 생각하셨나요? 기다리고 있는 눈동자

들이 떠오를 때면 몸이 타는 듯한 느낌이 듭니다. 별안간 벌떡 일어나 앞으로 곧장 달리고 싶은 마음이지요. 저쪽에서는 난파된 누군가가 구조를 외치고 있습니다……. 아, 나는 밤 동안, 아니 몇 세기 동안 잠이 드는 것을 받아들입니다. 내가 잠이 들어도 깨어 있는 것과 전혀 다를 바 없으니까요. 무슨 평화가 있겠습니까. 그렇지만 저편에서 누군가 지르는 저 비명은 절망의 발악입니다. 나는 그 모습을 견딜 수가 없습니다. 저는 이 조난 앞에서 그저 팔짱만 끼고 있을 수는 없습니다. 일분마다 침묵이 내가 사랑하는 이들을 조금씩 죽입니다.
내가 사랑했던 그대들이여, 안녕. 고통스러운 것만 제외하면 나는 아무것도 후회하지 않습니다. 결국 나는 가장 좋은 몫을 차지했으니까요. 만일 돌아갈 수 있다면 나는 다시 시작할 것입니다. 나는 살아야만 합니다. 이제 도시에는 사람다운 삶이란 존재하지 않습니다.

『내 어머니에게 보내는 편지』

15 고독의 기도.
주여, 나를 불쌍히 여기소서. 고독이 나를 무겁게 짓누릅니다. 나는 아무것도 기다리지 않습니다. 지금 여기, 아무도 내게 말을 걸지 않는 방 안에 있을 뿐입니다. 다른 누군가가 있기를 바라는 것은 아닙니다. 나는 군중 속에 있을 때 더 길을 잃는 사람이니까요. 그러나 나와 닮은 누군가는 나와 비슷하게 방에 혼자 있으면서도 사랑하는 사람이 집을 비우고 다른 곳에 있으면 기뻐합니다. 그 사람은 사랑하는 사람이 있는 곳을 들을 수도 볼 수도 없고, 현재는 어떤 소식도 듣지 못하지만 그녀의 집에 누군가가 살고 있다는 것만으로도 만족합니다.

주여, 누군가를 보거나 듣고 싶어서 요구하는 것이 아닙니다. 당신의 기적은 감각을 위한 것이 아니니까요. 그러나 당신이 내 집 위로, 내 영혼으로 빛을 내려주시면 저는 충분히 치유될 수 있을 것 같습니다.

주여, 사막을 다니는 사람에게 사람이 살고 있는 집은 그곳이 세상 끄트머리에 있다고 하더라도 그저 기쁨을 줄 뿐입니다. 아무리 먼 데 있어도 그에게 힘을 주는 것이지요. 그래서 그가 죽는다고 해도 사랑 안에서 죽게 되는 것입니다……. 그러니 주여, 나는 내 집이 가까이에 있는 것도 바라지 않습니다.

군중 속에서 걷는 사람이 한 얼굴을 보고 마음의 동요를 느낀다면, 그 얼굴이 그를 위한 존재가 아니라고 해도 그의 모습은 달라질 것입니다. 여왕을 사랑하는 병사도 마찬가지입니다. 그는 여왕의 병사가 됩니다.

주여, 그러므로 저는 그 집을 제게 약속해달라고 요구하지 않습니다.

넓은 바다에서 존재하지 않는 섬에게 바쳐지는 운명들이 있습니다. 그 뱃사람들은 노래를 부르고, 섬을 찬양하며 행복하다고 느낍니다. 그때 그들을 기쁘게 해주는 것은 섬이 아니라 노래 그 자체입니다. 그러니 신이시여, 나는 당신에게 그 집이 어딘가에 꼭 있게 해달라고 요구하지도 않습니다…….
주여, 고독은 영혼이 나약해질 때 나타나는 결과에 지나지 않습니다. 영혼은 오직 하나의 조국에서만 살고, 그것이 바로 만물의 의미입니다. 사원도 마찬가지로 돌들의 의미가 될 때 오로지 그 공간만의 날개를 갖게 되는 것이지요. 그것은 사물 때문에 기뻐하는 것이 아니라 사람들이 사물을 통해서 읽는, 그 사물들을 잇는 단 하나의 얼굴 때문에 기뻐하는 것입니다. 그러니 그저 내가 그 얼굴을 읽는 법을 배울 수 있게 해주십시오. 신이시여, 그렇다면 나는 나의 고독을 끝낼 수 있을 것입니다.

『성채』

16 그러니까 모든 진정한 창조는 미래를 속단하는 일이 아니며, 공상과 유토피아를 추구하는 것도 아니다. 그것은 다만 현재에서 읽어낸 새로운 얼굴이다. 현재란 유산으로 받은 여러 재료들을 비축해놓은 것이고, 그것에 대해 기뻐할 것도 불만을 품을 것도 없다. 그냥 당신처

럼 그것들도 태어나는 순간 존재하게 된 것이니까. 그러니 미래는 나무가 가지를 한없이 뻗어나가도록 두는 것에 있다. 매 순간 나무는 자랄 것이다. 그리고 그만큼 죽음과 가까워질 것이다.

『성채』

17 어머니,

저는 어머니가 적어주신 의미 가득한 말들을 읽으며 눈물을 흘렸습니다. 사막에서 당신을 목놓아 불렀지요. 저는 모두가 떠난 것에, 이 침묵에 무척 화가 났습니다. 그래서 어머니를 불렀습니다.

콘수엘로처럼 당신을 필요로 하는 사람을 남겨두고 떠난다는 것은 끔찍한 일입니다. 우리는 몸을 보호하고 피신하기 위해 돌아가야 할 필요성을 간절히 느낍니다. 해야 할 일을 방해하는 이 사막과 사투를 벌이며 손톱이 다 빠질 지경입니다. 산이라도 들어 옮길 수 있을 것 같아요. 그러나 저에게 필요한 것은 당신입니다. 당신은 나의 보호소이자 피난처이니까요. 그래서 저는 이기적인 새끼 염소처럼 당신을 불렀습니다.

콘수엘로를 위해서도 돌아가는 것이지만, 무엇보다 어머니, 당신이 보고 싶어서 돌아가는 것이에요. 너무 연약한 내 어머니, 당신이 얼마나 강하고 현명하며 축복이 넘치는 수호천사인지 당신은 아시나요? 밤에 누군가 혼자 당신을 위해 기도한다는 것을 아시나요?

『내 어머니에게 보내는 편지』

18 “만약 내가 53분이란 시간을 마음대로 쓸 수 있다면 나는 천천히 샘을 향해 나아가겠어…….”

『어린 왕자』

19 우리는 죽지 않는다. 죽음을 두려워한다고 상상할 뿐이다. 예기치 못했던 폭탄 같은 것을 두려워하거나 자기 자신을 두려워하는 것이다. 죽음? 아니다. 우리가 죽음을 맞이하게 되는 순간, 죽음은 더 이상 죽음이 아니다. 동생은 그 모든 이야기를 쓰는 것을 잊지 말라고 했다. 육체가 망가지면 중요한 것이 드러난다. 인간은 관계로 매듭지어진 존재에 불과하다. 인간에게 중요한 것은 오직 관계뿐이다.

몸, 늙은 말 같은 몸은 버릴 수 있다. 죽음 앞에서 누가 자신에 대해 생각하겠는가? 나는 그런 사람을 만나본 적이 없다.

『전시 조종사』

20 자신에게 주어진 역할이 아무리 작을지라도 그것을 인식할 때 비로소 우리는 행복해질 수 있을 것이다. 그제야 평화롭게 살고 죽을 수 있을 것이다. 삶에 의

미를 부여하는 것은 죽음에도 의미를 부여하니까.
『인간의 대지』

21 나는 그를 사랑하고 있었기 때문에 느린 걸음으로 다가갔다.
"내 친구, 기하학자여, 나는 자네를 위해 신께 기도드리겠네."
그는 고통에 지쳐 있었다.
"내 육신은 걱정하지 마십시오. 내 팔과 다리는 이미 죽었습니다. 나는 이제 한 그루의 늙은 나무처럼 이곳에 있습니다. 나무꾼의 처분을 기다리면서요……."
"후회하지 않는가?"
"내가 무엇을 후회하겠습니까? 내게는 건강한 팔다리를 가졌던 기억이 있습니다. 인생은 그 모든 과정이 탄생이지요. 우리는 있는 그대로의 자신을 받아들이며 살아갈 뿐입니다. 어린 시절을, 열다섯 살의 당신을, 또는 장년기를 아쉬워했던 적 없습니까? 그것은 시시한 시인이나 품는 아쉬움입니다. 거기에는 진정한 후회 대신 달콤한 우울만이 있을 뿐입니다. 괴로움도 없고요. 향기가 날아간 병 속에 담긴 향수 같은 것이지요. 분명 언젠가 당신이 그 눈을 잃는다면, 당신은 한탄할 것입니다. 모든 변화는 고통스러운 것이니까요. 그러나 한쪽 눈으로 세상을 살아가는 게 그렇게 어려운 것은 아닙니다. 저는 시각 장애인들이 웃는 것을 봤거든요."

『성채』

22 "아시겠지만 저는 때때로 삽질을 할 때 땀을 흘리곤 했습니다. 관절염이 자꾸 제 다리를 잡아끄는 이 노예 신세를 저주했지요. 그렇지만 지금은 밭을 갈고 싶습니다. 땅을 일구고 싶어요. 땅을 일구는 일이 얼마나 아름답게 느껴지는지! 삽질을 할 때면 얼마나 자유로운지 몰라요! 그리고 누가 내 나무의 가지를 자르겠어요?"

그는 일구던 땅을 남겨두고 떠났다. 그는 자신이 일구던 행성을 남겨둔 것이다. 그는 모든 대지와 나무에 사랑으로 엮여 있었다. 그는 관대하고, 아낌없이 주는 사람이었으며, 위대한 영주였다! 자신의 창조물의 이름을 걸고 죽음과 맞서 싸울 때, 그는 기요메처럼 용감한 사람이었다.

『인간의 대지』

23 이렇게 동료가 죽으면 처음에는 그의 죽음이 업무의 질서처럼 보이고, 다른 죽음보다 더 큰 상처로 다가오지는 않는다. 분명 그는 마지막 기항지를 변경하며 우리에게서 멀어졌지만, 빵이 아쉬운 것만큼 그의 존재

가 절실히 그리운 것은 아니다.

우리는 오랫동안 만남을 기다리고, 그런 기다림에 익숙하다. 항공 노선의 동료들은 파리에서 칠레 산티아고까지 세계 곳곳에 흩어져 있으며, 서로 마주칠 일 없는 파수병처럼 조금은 고립되어 있기 때문이다. 같은 직업을 가진 대가족의 구성원들이 흩어져 있다가 모이려면 비행 중 우연한 만남이 필요하다. 어느 저녁, 카사블랑카에서, 다카르에서, 부에노스아이레스에서 식탁을 둘러싸고 앉아 오래된 추억을 꺼내면서 몇 년간의 침묵 끝에 끊겼던 대화를 잇는다. 그리고 우리는 다시 떠난다. 대지는 이렇게 황량하면서도 풍요롭다. 이 정원의 풍요는 비밀스럽고, 감춰져 있고, 손에 넣기 어렵지만, 우리가 하는 일은 언젠가 우리를 그 풍요에 이르게 한다. 어쩌면 우리는 사는 일에 바빠 동료들과 멀어지고 자주 생각하지도 못하지만, 그들은 분명 어딘가에 있다. 그곳이 어디인지 모르지만, 침묵 속에 잊힌 채로, 그러나 너무도 충실하게! 그러다 길에서 마주치기라도 하면 그들은 불꽃처럼 환하게 터지는 아름다운 기쁨으로 우리의 어깨를 흔든다! 우리는 확실히 기다림에 익숙하다…….

그러나 우리는 조금씩 그의 환한 웃음소리를 다시는 들을 수 없다는 사실을, 그 정원에 다시는 들어갈 수 없음을 깨닫게 된다. 그렇게 애절하진 않지만 씁쓸한 진짜 애도가 시작되는 것이다.
사실 어느 것도 잃어버린 동료를 대신할 수는 없다.
오랜 동료는 만들어지는 것이 아니다. 함께한 추억, 같이 겪은 힘든 시간, 그토록 잦았던 다툼과 화해, 마음의 움직임, 그런 보물만큼 값진 것은 없다. 그런 우정은 다시 쌓을 수 있는 것이 아니다. 떡갈나무를 막 심고 곧바로 나뭇잎 아래 몸을 피할 수 있기를 바라는 것은 헛된 일이다.
삶이 그렇다. 우리는 먼저 풍요를 배우고 몇 해 동안 나무를 심었지만, 시간이 그 노고를 아무것도 아닌 것으로 만들면 나무를 베어내야 하는 시기가 오는 것이다. 동료들은 한 명씩 우리에게 드리운 그들의 그늘을 거둔다. 그 후로 나이가 들어감에 따라 우리의 애도는 비밀스러운 후회와 뒤섞인다.

『인간의 대지』

24 "아, 열정이 내게 다시 돌아와준다면!"
나는 이렇게 말했다. 그러나 열정은 사물과 우리를 잇는 성스러운 끈의 열매일 뿐이라는 것을 알고 있다. 그러니까 그것은 조종되고 있는 선박이자 눈에 보이는 대성당인 것이다. 그렇지만 네가 그 대성당에서 조각가와 건축가를 읽지 못한다면 한낱 쌓아 올린 돌무더기와 다를 게 무엇이겠는가?

그 순간 나는 동상의 미소나 경치의 아름다움 또는 사원의 침묵을 알아보는 사람은 신을 알아본 것임을 깨달았다. 대상을 초월하여 핵심에 가닿고, 말을 초월하여 송가를 듣고, 밤과 별을 초월하여 영원을 느끼기 때문이다. 무엇보다도 신은 네가 말하려는 것이고 너의 언어이니, 너의 말이 의미를 갖는다면 그것은 네가 신을 보여주기 때문이다. 어린아이의 눈물이 너를 감동하게 한다면, 그 눈물은 대해를 향해 열린 천창이 된다. 너의 마음을 울리는 것은 그 눈물이 아니라 모든 눈물이기 때문이다. 여기서 그 어린아이는 단지 너를 가르치기 위해 네 손을 잡아주는 사람일 뿐이다.

『성채』

25 그는 비행기에서 혼자라고 느꼈고, 기체는 불타올랐으며, 전투기는 계속 포탄을 뿌리면서 지나갔지만 조종사가 말하려고 했던 것은 그와 같이 복잡하게 뒤얽힌 난관이 아니었다. 조종사가 말하고 싶었던 것은 그가 어떤 욕구도 느끼지 못했다는 것이다. 그는 아무것도 느끼지 못했다. 그에게는 그토록 많은 시간이 주어졌고, 일종의 여유에 가까운 무한한 시간 속을 헤엄쳤다. 그래서 나는 때때로 죽음이 임박했을 때 찾아오는 그 이상한 느낌을 정확하게 알아볼 수 있었다. 기대하지 않았던 그 여유 말이다. 현실에 의해 숨 막히게 급

박한 그 장면은 부정당했다. 조종사는 시간의 바깥으로 쫓겨난 사람처럼 거기, 날개 위에 있었다. 그가 말했다.

"그리고 비행기에서 뛰어내렸지. 그런데 잘못 뛰어내린 거야. 내가 소용돌이 속에 있는 것을 봤어. 낙하산을 너무 일찍 펼쳐서 몸이 낙하산에 휘감길까 봐 두려웠고 그래서 안정될 때까지 기다렸지. 그런데 너무 오래 기다렸던 거야……."

조종사는 그렇게 자신의 모험이 처음부터 끝까지 기다림이었다고 기억했다. 무섭게 번지는 불꽃 속에서 기다렸던 기억, 무엇인지 모를 것을 날개 위에서 기다렸던 기억, 그리고 땅으로 수직 강하를 하면서도 여전히 기다렸던 기억……. 이 모험의 시작부터 끝까지, 그가 간직하고 있는 것은 기다림의 기억이다.

이것은 조종사의 이야기다. 초보 비행사의 이야기, 평소보다 더 평범한, 심연 위에서 걱정하며 어쩔 줄을 모르던 한 조종사의 이야기다.

『전시 조종사』

26 프로방스 지방의 늙은 농부가 힘이 다하여 자신의 염소와 올리브나무 들을 자식에게 물려주고, 다시 그 아들들이 자기 자식에게 그것을 전할 때, 그때의 죽음은 참으로 달콤하다. 농부의 집안에서는 사람이 완전히

죽지 않는다. 각각의 존재가 꼬투리처럼 터져 씨앗을 내놓기 때문이다.
언젠가 한번은 세 농부가 침대 머리맡에서 어머니의 임종을 지키는 것을 가까이에서 지켜봤다. 분명 그 일은 고통스러웠다. 탯줄을 두 번 끊는 일, 세대와 세대를 잇는 매듭이 두 번째로 풀리는 일이었으니까. 세 아들은 축제 날마다 가족이 함께 둘러앉았던 식탁을, 그들을 모두 모이게 했던 중심축을 잃고 홀로 남아 모든 것을 다시 배워야만 했다. 그러나 나 역시 이 단절에서 두 번째 생이 주어진다는 사실을 발견했다. 이번에는 그 아들들이 자신들을 이어온 줄의 선두이자 구심점이 되는 가장이 될 것이다. 그리고 마당에서 놀고 있는 어린 자식들에게 다시 주도권을 넘겨줄 차례를 맞이하게 될 것이다.
나는 그 어머니, 편안하고 굳은 얼굴을 한 채 입술을 꽉 다문 시골 여인을 봤다. 얼굴은 돌로 된 가면처럼 변해 있었다. 나는 그 얼굴에서 아들들의 모습을 알아봤다. 그 가면은 아들들의 얼굴을 빚어내는 데 쓰였고, 몸은 아들들의 몸을 찍어내는 데, 인간의 작은 표본을 만드는 데 쓰였다. 농가에서는 사람이 죽지 않는다. 어머니는 돌아가셨지만, 어머니는 살아 있다!
그렇다, 그것은 고통스러운 일이다. 그러나 백발이 되어 자신이 가는 길에 아름다운 유물들을 하나씩 남기고, 여러 변화를 맞이하며 알 수 없는 어떤 진실을 향해 걷는 그 가족의 모습은 너무도 소박했다.
그렇기 때문에 그날, 시골 마을에 죽음을 알리는 종이 울렸을 때 내게는 그것이 절망이 아니라 은밀하면서도 부드러운 환희처럼 느껴졌던 것이다. 같은 소리로 장례와 세례를 알렸던 그 종소리는 한 세대에서 다른 세대로의 이행을 또 한 번 알리고 있었다. 사람들은 가련한 늙은 여인과 대지의 결합을 알리는 노랫소리를 들으면서 오직 커다란 평화만을 느꼈다.
이렇게 나무가 자라듯이 느리게 발전하며 세대에서 세대로 전해지는 게 생명이기도 하지만, 그것은 또한 의식이기도 했다. 얼마나 신비로운 상승인가! 녹은 용암에서, 별을 만드는 반죽에서, 기적처럼 발아한 생명의 세포에서 우리가 자라나 칸타타를 작곡하고 은하수를 가늠하게 됐다는 것은!
어머니는 생명만을 전하지 않았다. 어머니는 그 아들들에게 언어를 가르쳤고, 수 세기가 흐르는 동안 그녀가 천천히 축적한 짐, 조상에게 물려받아서 내면에 쌓아둔 정신적 유산, 그러니까 뉴턴 또는 셰익스피어와 어느 소굴에서 나오는 소리를 구별할 수 있는 신화적 개념을 아들에게 전했던 것이다.

『인간의 대지』

27 리네트, 비행기가 아름답다는 걸 아시는지요. 이곳에서 비행은 놀이가 아니에요. 나는 그런 점을 좋아합니다. 부르제에서 하던 것과 같은 스포츠가 아니라 설명할 수 없는, 뭔가 다른 것이지요. 일종의 전쟁 같은 것입니다. 비 오는 날 새벽에 출항하는 우편기는 아름다워요. 야간 근무 팀이 잠결에 일할 때는, 스페인에서 신호를 보내 알린 폭풍우로 조종사들이 잠에서 깨어나고, 피레네산맥이 짙은 안개로 뒤덮이기도 합니다. 출항 후에는 조종사가 문제를 해결하는 동안 사람들이 각자 다른 문제를 만나 흩어져요.

리네트, 나는 정말 출항하고 싶습니다.

그렇습니다. 전화를 하고 싶었어요. 제가 말주변이 없는 것은 사실이니 침착하게 말하려다 "여보…… 여보세……"라고 말해버리겠지요. 말주변이 없다는 것은 슬픈 일이에요. 멋진 넥타이를 매고 다니고 축음기판을 수집하는 잘생긴 한량이 되고 싶었었는데. 조금 더 젊었을 때 노력했어야 하는데 이젠 너무 늦었습니다. 사실 후회해요. 이제 대머리가 되었으니 더 생각할 것도 없지요. 저는 셔츠 가게나 구둣방 진열장 앞에서 서글픈 꿈을 꿉니다. 다시 태어난다면 내가 경험했던 것들이 도움이 될 텐데 하면서요. 별로 위로가 되지는 않는 말이지만.

사람들이 나를 좋아하고, 내가 매력적이라고 생각하며

내 손톱을 좋아해주면 좋겠습니다. 기름때 묻은 내 손이 아름답다고 여기는 사람은 저 자신밖에 없거든요. 저의 주절거림이 당신을 귀찮게 하는 것 같습니다. 저는 슬프기도 하고 행복하기도 합니다. 논리적으로 분명하게 설명할 수가 없어요. 친구들이 모두 멀리 있기 때문에 혼자 고독 속에 있는 내가 증조부처럼 늙어 보이는 것 같습니다.
저에게 편지를 쓰셔야 합니다. 아시겠죠?
안녕히. 나의 오랜 친구, 리네트.

『젊은이의 편지』

28 그날에 대해서는 잘 기억나지 않는다. 내가 서둘렀다는 기억뿐이다. 그게 무엇이든 상관없이 무언가를 향해 서둘렀던 것, 나의 쓰러짐을 향해 서둘렀던 것. 땅을 보며 걷던 일도 생각이 난다. 나는 신기루에 질려버렸었다. 때때로 우리는 나침반을 보며 방향을 바꾸기도 했다. 한숨을 돌리기 위해 철퍼덕 뻗어버리기도 했다. 나는 밤에 입으려고 보관했던 방수복을 어딘가에 던져버리기도 했다. 그 외에는 아무것도 생각나지 않는다. 내 기억은 서늘한 저녁이 되어서야 다시 이어진다. 나 역시 모래와 다를 게 없었고, 내 안의 모든 것이 지워졌다.

『인간의 대지』

29 우리는 영원하기를 요구하는 것이 아니라 행위와 사물이 갑자기 의미를 잃는 모습을 보지 않기를 요구하는 것이다. 의미가 사라진다면 우리를 감싸는 공허함이 드러날 테니까…….

『야간 비행』

30 제가 생각해온 평화는 고통을 통과한 후에 얻어지는 것입니다. 저는 잠 못 이루는 하얀 밤의 괴로움을 받아들입니다. 제가 당신을 향해 나아가고 있기 때문입니다. 발화된 당신은 내게 묻고 침묵하십니다. 저는 느린 나무이지만 한 그루의 나무임이 분명합니다. 당신 덕분에 땅의 수액을 흡수할 것입니다.

『성채』

31 장례를 치르며 죽은 이를 애도하는 과정에서 우리는 죽음과 직접 접촉하지 않는다. 죽음은 커다란 일이다. 죽음은 망자의 생각이나 물건, 습관들과 다시 새로운 관계를 맺는다. 죽음은 세상의 새로운 질서이다. 겉으로는 달라진 게 아무것도 없어 보이지만 모든 것이 달라진다. 책의 페이지는 모두 같지만 그 의미가 다 다른 것처럼. 죽음을 느끼고 싶다면 죽은 이가 필요했던 순간들을 떠올려보자. 그러면 그리워질 것이다. 죽은 이가 우리를 필요로 했던 시간도 떠올려보자. 그러나

이제 죽은 이는 더 이상 우리를 필요로 하지 않는다. 다정하게 찾아오던 때를 떠올려보자. 공허함을 느낄 것이다. 삶을 한 발짝 떨어져서 거리를 두고 볼 필요가 있다. 그러나 우리가 땅에 묻히는 날이 되면 그 거리도 공간도 사라져 버린다. 죽은 이는 여전히 조각조각 흩어져 남아 있다. 죽은 이를 땅에 묻는 날, 우리는 발을 동동 구르며 각기 흩어져 있거나 악수하느라 바쁘거나 물질적 고민을 하느라 정신이 없다. 죽은 이는 내일이 되어서야 침묵 속에서 세상을 떠날 수 있을 것이다. 그는 우리의 실체를 떠나기 위해 충만함 속에서 자신의 죽음을 드러낼 것이다. 그러면 우리는 곁을 떠난 그 사람 때문에, 더는 붙잡을 수 없는 그의 흔적 때문에 절규하게 될 것이다.

『전시 조종사』

32 저는 세공사였는데 2년 전부터 은으로 된 커다란 항아리가 두렵게 느껴졌습니다. 그 항아리와 그것을 만들기 위해 2년 동안 밤새했던 시간을 맞바꿨던 것이지요. 어떤 사람은 기쁨으로 짠 기다란 양탄자 앞에 몸을 떨었습니다. 그는 매일 그 양탄자를 햇볕에 펼쳐 놓았습니다. 그는 딱딱하게 굳어진 살을 파도처럼 깊어 보이는 무언가와 맞바꾼 것을 자랑스럽게 여겼습니다. 또 다른 사람은 그가 심은 올리브나무를 두려워했지요.

누구나 죽음을 두려워하지 않는다고 말하고 싶겠지만, 우리는 모두 작고 바보 같은 물건에 벌벌 떱니다. 우리는 인생이란 다른 무언가로 점차 환원될 때만 의미가 있다는 것을 알게 됐습니다. 나무를 상하게 한 정원사의 죽음은 아무것도 아닙니다. 그러나 당신이 나무를 잘라버리겠다고 위협한다면 정원사를 두 번 죽이는 것입니다. 우리 중에 사막에서 가장 아름다운 이야기를 아는 이야기꾼이 있었습니다. 그는 이야기를 아름답게 들려줄 줄 알았죠. 그는 자식이 없었기 때문에 이야기를 아는 사람은 오직 그 자신뿐이었습니다. 그런데 땅이 스르르 미끄러지기 시작하면서 모래가 움직이자 그는 누군가의 입을 타고 전해지지 못할 그 이야기들이 불쌍해 몸을 떨었습니다. 그러나 땅은 계속해서 스스로를 반죽하는 것처럼 몸을 움직이더니 커다란 황갈색 조수를 만들어 흘러내렸습니다. 천천히 몸을 돌려 모든 것을 집어삼키는 모래를 아름답게 꾸미기 위해 자신을 바치고 싶습니까? 그 움직이는 땅 위에 무엇을 세워야 합니까?

밀려오는 모래의 힘으로 집들은 천천히 사라졌고 보이지 않던 대들보는 뒤틀려 검은 가루가 들어 있는 화약고처럼 순식간에 터져버렸습니다. 벽은 흔들리기 시작하더니 마침내 갈라져 버렸습니다. 살아남은 우리 중 누군가는 삶의 의미를 잃어버렸지요. 단 정신이

나가 노래를 불렀던 이야기꾼을 제외하고 말입니다. 우리를 어디로 데려가십니까? 우리의 노력의 열매와 함께 이 배는 침몰할 것입니다. 바깥의 시간이 헛되이 흘러가고 있음을 느낍니다. 시간이 흐르는 것을 느낍니다. 이렇게 흘려보내서는 안 됩니다. 흐르는 시간을 지각하면서도 단단해져야 하고, 성숙해져야 하며, 그렇게 세월을 쌓아나가야 합니다. 시간은 조금씩 그러모아 쌓아 올리는 것입니다. 그러나 그것이 단단히 굳어버리고 나면 우리에게서 누가 나오고 누가 남는단 말입니까?

『성채』

33 나는 전쟁과 기요메의 죽음을 통해 배웠습니다. 게다가 나도 언젠가 죽음을 맞이하겠지요. 이 죽음은 이제 어느 시인이 말하는 추상적인 개념이 아닙니다. 그들이 말하는 죽음은 감정적인 사건이며 고뇌에 찼을 때 원하는 죽임이지만, 이것은 매우 다르지요. 그렇다고 '인생에 회의를 느껴' 죽기를 희망하는 사춘기적 죽음도 아닙니다. 그러니까 이것은 한 사람의 죽음, 끝내 돌이킬 수 없는 삶 앞에 놓인 죽음을 말합니다.

「넬리 드 보귀에에게 보내는 편지(1941.9.8.)」『바람과 모래와 별들』

34 나는 할 수 있는 한 최선을 다해 전쟁을 했네. 아마도

내가 세계에서 가장 늙은 전시 조종사일 거야. 내가 조종하는 이 1인승 추격 비행기의 탑승 나이 제한은 서른 살이니까. 지난번에는 안시Annecy 상공 고도 만 미터에서 모터가 고장이 났었다네. 내가 마흔넷이 된 순간이었지! 독일 전투기에 쫓기면서 알프스산맥을 겨우 기어가듯 넘어가는 동안에는 아프리카에서 내 책의 판매를 금지했던 광적인 애국주의자들이 떠올라 슬그머니 웃어버렸어. 재미있는 일이지.
부대에 복귀한 뒤로 온갖 일들을 겪었다네(복귀 자체가 기적과도 같았지). 비행기가 고장이 났었고, 산소부족으로 기절도 해봤고, 적에게 쫓기기도 했으며, 비행 도중에 불이 나기도 했거든. 호되게 대가를 치른 거야. 나는 내가 탐욕스럽다고 생각하진 않아. 오히려 건강한 목수 같다고 해야 할까. 그것이 나의 유일한 자기만족이네. 그리고 산책하는 것과 혼자 비행기에 올라 프랑스의 하늘을 날며 사진을 찍는 일도 좋지. 정말 이상한 기분이 들거든.
여기는 넘치는 미움으로부터 멀리 떨어져 있는 곳이지만, 중대원들의 친절함에도 불구하고 어쩔 수 없는 인간의 구차함 같은 것을 엿보기도 한다네. 나는 아무도 없어. 대화할 사람도 없고. 그것이야말로 누군가와 최소한의 삶을 나누는 일인데 말이야. 얼마나 짙은 영혼의 고독인가!

그렇지만 만일 내가 추락한다고 해도 나는 아무것도 후회하지 않을 걸세. 개미 같은 미래의 삶은 나를 숨막히게 하고, 효율적인 로봇 같은 것도 싫으니까.
나는 정원사가 돼야 했었네.
우정을 보내며.

「피에르 달로즈에게 보내는 편지(1944)」『바람과 모래와 별들』

35 나는 어린 왕자가 입술을 적실 수 있도록 두레박을 들어 올렸다. 어린 왕자는 눈을 감고 물을 마셨다. 축제처럼 달콤한 물이었다. 그 물은 우리가 먹는 양식과는 달랐다. 그것은 별빛을 받으며 왔던 걸음에서, 도르래의 노래에서, 내 두 팔의 노력에서 나온 것이었다. 그 물은 선물처럼 마음에 이로운 것이었다. 어릴 적 크리스마스트리의 불빛, 자정 미사의 음악, 부드러운 미소가 내 크리스마스 선물을 반짝반짝 빛나게 해줬던 것처럼 말이다.

『어린 왕자』

36 그 밤에 나는 어린 왕자가 떠나는 것을 보지 못했다. 어린 왕자는 소리 없이 사라져 버렸다. 내가 그를 뒤쫓아갔을 때 그는 작정한 듯 빠른 걸음으로 걷고 있었다. 어린 왕자는 내게 그저 이렇게 말했다.
"아! 왔구나……."

그리고 그는 내 손을 잡았지만 다시 고민했다.
“아저씨가 틀렸어. 아저씨는 마음이 괴로울 거야. 내가 죽는 것처럼 보일 테니까. 그게 사실은 아니지만 말이야.”
나는 아무 말도 하지 않았다.
“이해하지. 거긴 너무 멀어서 이 몸을 데려갈 수 없어. 그러면 너무 무거울 테니까.”
나는 아무 말도 하지 않았다.
“그렇지만 이건 낡은 껍질을 버리고 가는 것과 같은 거야. 낡은 껍질이 슬픈 것은 아니잖아.”
그는 조금 풀이 죽었지만 힘을 내려고 애썼다.
“알잖아, 그렇게 힘들지 않을 거야. 나도 별을 바라볼게. 모든 별들이 녹슨 도르래가 있는 우물이 되겠지. 모든 별들이 내게 마실 물을 부어줄 거야.”
나는 아무 말도 하지 않았다.
“너무 재미있을 거야! 아저씨는 방울을 5억 개나 갖게 될 테고, 나는 샘을 5억 개나 갖게 될 테니까…….”
그리고 어린 왕자 역시 아무 말도 하지 않았다.
울고 있었으니까.

“바로 저기야. 내가 혼자 한 발을 내디딜 수 있도록 내버려 둬.”
그렇게 말하고 어린 왕자는 주저앉았다.

그도 두려웠으니까.

그리고 다시 말했다.

"있잖아…… 내 꽃 말이야……. 나는 그 꽃에 대한 책임이 있어! 그런데 그 꽃은 너무나 연약하거든. 또 너무 순진하고. 그 꽃은 겨우 가시 네 개로 세상에 맞서 자기를 지켜야 해……."

나는 더 이상 서 있을 수 없어서 주저앉고 말았다.

어린 왕자가 말했다.

"자……. 이게 다야."

그는 또 잠시 망설이더니 다시 일어났다. 그러고는 한 발짝을 내디뎠다. 나는 꼼짝도 할 수 없었다.

아무 일도 일어나지 않았다. 그저 그의 발목에서 노란 빛이 반짝했을 뿐이었다. 그는 순간 꼼짝하지 않고 있었다. 소리를 지르지도 않았다. 그는 한 그루의 나무가 쓰러지듯 천천히 쓰러졌다. 모랫바닥 때문이었을까, 그 어떤 소리도 들리지 않았다.

『어린 왕자』

37 사랑하는 어머니, 꽃이 핀 사과나무 아래에 앉아보세요. 프랑스에는 꽃이 피었다고 하니까요. 저를 대신해서 주변을 살펴보세요. 분명 초록빛이 아름다울 거예요. 풀들이 자랐을 것이고요……. 저는 싱그러운 초록이 그리워요. 초록은 마음의 양식이자 행동을 온화하

게, 영혼을 평온하게 지키는 색입니다. 삶에서 이 색이 사라진다면 모든 것이 금세 메마르고 삭막해질 것입니다. 맹수들의 성질이 사나운 까닭은 풀밭에 배를 깔고 살지 않기 때문이지요. 저는 작은 나무를 만나면 잎 몇 장을 뜯어서 주머니 속에 넣습니다. 그리고 부대로 돌아와 사랑의 눈길로 바라보며 살포시 뒤집어 봅니다. 그러면 기분이 좋아지거든요. 초록이 무성한 어머니의 나라로 돌아가고 싶습니다.

『내 어머니에게 보내는 편지』

1900년	6월 29일, 프랑스 리옹에서 아버지 장 드 생텍쥐페리 백작, 어머니 마리 부아이에 드 퐁스콜롱브 사이의 셋째 아이로 태어난다. 6월 30일, 세례를 받는다.
1904년(4세)	아버지가 뇌출혈로 사망한다.
1909년(9세)	가족과 함께 르망으로 이사한다.
1912년(12세)	앙베리외 비행장에서 첫 비행을 경험한다.
1915년(15세)	동생 프랑수아와 함께 스위스 빌라 생장 학교의 기숙생이 된다. 발자크, 보들레르, 도스토옙스키의 작품을 탐독한다.
1917년(17세)	동생 프랑수아가 사망한다. 동생의 죽음은 훗날 『어린 왕자Le Petit Prince』의 중요 모티브가 된다. 10월, 파리로 돌아와 보쉬에 고등학교에서 해군사관학교 입학을 준비한다.
1919년(19세)	해군사관학교 구술시험에 떨어진다. 10월, 파리 국립고등미술학교 건축과에 입학한다.

1921년(21세) 4월, 스트라스부르의 전투 비행단 제2연대에서 병역 근무를 한다. 원래는 비행기를 수리하는 직무를 맡았으나, 개인교습을 통해 비행기 조종법을 배운다. 6월, 모로코에서 민간 비행 면허장을 딴다.

1922년(22세) 군용기 조종 면허장을 취득한다. 10월, 예비 소위에 임관한다.

1923년(23세) 1월, 파리 외곽에 위치한 부르제에서 첫 비행 사고를 겪는다. 공군에 머물고 싶었으나, 약혼녀 루이즈 드 빌모랑과 그녀의 가족들이 반대하여 제대한다. 이후 부르롱 타일 제조 회사의 사무원이 된다. 루이즈 드 빌모랑과 파혼한다.

1924년(24세) 소레 자동차 회사에서 외판원으로 일한다. 일을 하는 동시에 문학에 몰두하기 시작한다.

1926년(26세) 소레 자동차 회사를 그만두고 프랑스 라테코에르 항공사에 입사한다. 단편 「비행사 L'aviateur」를 잡지에 발표한다.

1927년(27세) 툴루즈-카사블랑카, 다카르-카사블랑카 노선의 항공 우편 업무를 맡는다. 10월, 중개 기지인 쥐비곶 비행 책임자로 취임한다. 『남방 우편기Courrier Sud』를 집필한다.

1928년(28세) 9월, 남미에서 일하는 메르모즈와 기요메의 초청으로 부에노스아이레스를 방문한다.

1929년(29세) 10월, 부에노스아이레스에 있는 아에로포스탈 아르헨티나 지사의 영업 부장으로 부임한다. 갈리마르 출판사에서 『남방 우편기』를 출간한다.

1930년(30세) 4월, 민간 항공 업무에 봉사한 대가로 레지옹도뇌르훈장을 받는다. 6월, 절친한 친구 기요메가 실종됐다 5일 만에 기적적으로 생환한다. 『야간 비행Vol de Nuit』을 집필한다.

1931년(31세) 1월, 파리로 귀국한다. 4월, 콘수엘로 순센과 결혼한다. 9월, 갈리마르 출판사에서 『야간 비행』을 출간한다. 앙드레 지드가 서문을 쓴 이 책으로 페미나상을 받는다.

1934년(34세)	4월, 에어 프랑스사의 선전부에 들어가 유럽 각지와 북아프리카, 아시아 등지로 강연 여행을 다닌다. 착륙 장치를 개발하여 특허를 딴다.
1935년(35세)	4월, 〈파리 수아르Paris Soir〉지 특파원으로 모스크바를 방문한다. 12월 29일, 파리-사이공 노선 비행시간 신기록을 세우기 위해 출발한다. 그러다 리비아사막에 불시착한다. 5일 동안 사경을 헤매다 극적으로 구조된다. 이때의 경험은 훗날 그가 쓰는 작품에서 주요한 소재로 등장한다.
1936년(36세)	취재 특파원으로 내전이 벌어지던 스페인에 간다. 절친한 친구이자 동료였던 메르모즈가 사망한다.
1938년(38세)	2월, 뉴욕과 남아메리카 대륙 최남단 사이를 연결하는 장거리 비행을 계획하지만, 과테말라 공항에서 이륙에 실패하며 중상을 입는다. 이후 스위스, 남프랑스 등에서 요양한다. 『인간의 대지Terre des Hommes』를 집필한다.

1939년(39세) 2월, 『인간의 대지』를 프랑스에서 출간한다. 이 책은 미국에서 『바람과 모래와 별들Winds, Sand and Stars』로 번역 출간된다. 아카데미 프랑세즈에서 소설 부문 대상을 받는다. 9월 2일, 제2차 세계대전이 발발하면서 교관으로 소집된다. 전쟁에 직접 참여하고 싶었던 그는 11월부터 오르콩트의 2-33 정찰비행 대대에 배속된다.

1940년(40세) 6월 22일, 프랑스와 독일이 휴전협정을 맺는다. 8월 5일, 동원 명령이 해제된다. 『성채Citadelle』 집필을 시작한다. 미국 망명을 결심한다. 11월 27일, 친구 기요메가 사망한다.

1941년(41세) 1월, 뉴욕에 도착한다. 『전시 조종사Pilote de Guerre』를 집필한다.

1942년(42세) 2월, 뉴욕에서 『전시 조종사』의 영문판이 출간된다. 『어린 왕자』를 집필하기 시작한다. 11월 6일, 연합군의 북아프리카 상륙작전이 성공한다.

1943년(43세) 4월, 뉴욕에서 『어린 왕자』가 출간된다. 5월

4일, 전쟁에 다시 참여하기 위해 알제리로 간 그는 2-33 연대에 배속된다. 6월, 43세라는 고령에도 불구하고 비행 허가를 얻는다.

1944년(44세) 7월 31일 오전 8시 30분, 리트닝 기지를 출발해 프랑스 본토로 정찰비행을 떠난 후 돌아오지 않는다. 목격자의 증언에 따르면 귀로하던 중 코르시카 수도 남쪽 100킬로미터 지점에서 독일 전투기에 의해 격추된 것으로 추측된다. 11월 3일, 프랑스 정부로부터 수훈장이 추서된다.

참고 문헌

Antoine de Saint-Exupéry, *Courrier sud*, Gallimard, 1929.

Antoine de Saint-Exupéry, *Vol de nuit*, Gallimard, 1931.

Antoine de Saint-Exupéry, *Terre des hommes*, Gallimard, 1939.

Antoine de Saint-Exupéry, *Pilote de guerre*, Gallimard, 1942.

Antoine de Saint-Exupéry, *Lettre à un otage*, Gallimard, 1945.

Antoine de Saint-Exupéry, *Le Petit Prince*, Gallimard, 1946.

Antoine de Saint-Exupéry, *Citadelle*, Gallimard, 1948.

Antoine de Saint-Exupéry, *Lettres de Jeunesse*, Gallimard, 1946.

Antoine de Saint-Exupéry, *Lettres à sa mère*, Gallimard, 1955.

Antoine de Saint-Exupéry, *Un sens à la vie*, Gallimard, 1956.

Antoine de Saint-Exupéry, *Écrits de guerre*, Gallimard, 1982.

Antoine de Saint-Exupéry, *Du vent du sable et des étoiles*, Gallimard, 2018.

Antoine de Saint-Exupéry, *Correspondance(1930-1944)*, Gallimard, 2021.

Maurice Bourdet, *Grandeur et servitude de l'aviation*, Edition Corrêa, 1933.

Anne Morrow-Lindbergh, *Le Vent se Lève*, Edition Corrêa, 1939.

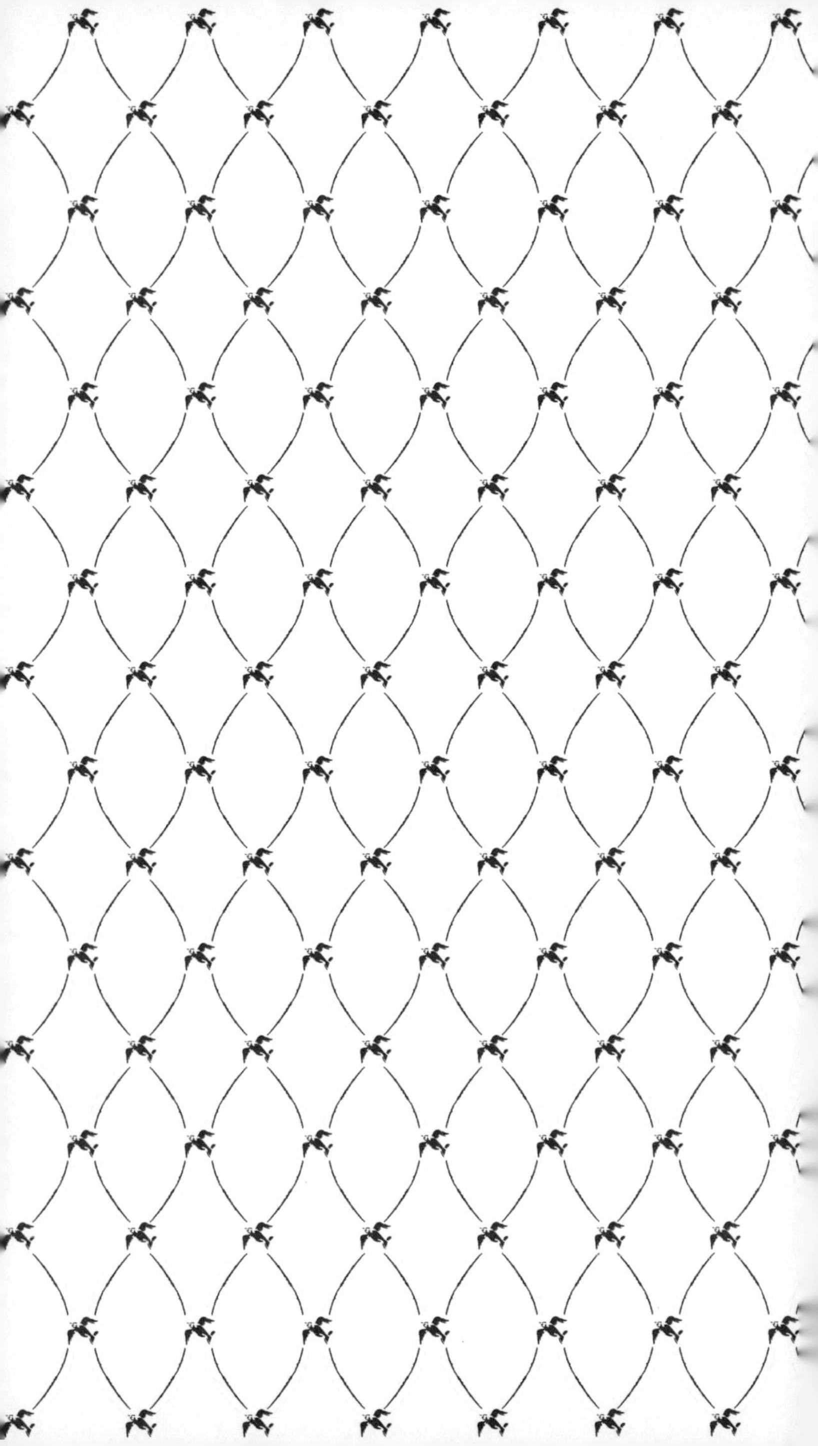